Un homme à aimer

NORA ROBERTS

Un homme à aimer

Collection : NORA ROBERTS

Titre original : THE BEST MISTAKE

Traduction française de CHARLOTTE MEIRA

HARLEQUIN®
est une marque déposée par le Groupe Harlequin

HARLEQUIN
83-85, boulevard Vincent Auriol, 75646 PARIS CEDEX 13.
Service Lectrices — Tél. : 01 45 82 47 47
www.harlequin.fr
ISBN 978-2-2803-3246-0

Chapitre 1

Coop avait déjà frappé deux fois sans succès. Aucun bruit de l'autre côté de la porte. Il vérifia le papier serré au creux de sa main. C'était bien la bonne adresse. Et puis cette maison de style Tudor, dans cet élégant quartier bordé d'arbres soigneusement entretenus, correspondait exactement à ce qu'il recherchait. Il frappa de nouveau, un peu plus fort.

Une voiture était garée dans l'allée : un vieux break, qui aurait eu grand besoin d'être nettoyé et rafistolé. Coop leva la tête vers une fenêtre du deuxième étage. Quelqu'un écoutait de la musique, on pouvait entendre le rythme assourdi d'un morceau de rock.

Il hésita, se ravisa, regarda de nouveau autour de lui.

Cette demeure éloignée de la route lui plaisait vraiment. Le soleil du printemps nimbait les fleurs du jardin d'un halo de couleurs vibrantes. Sertis dans une pelouse d'un vert éclatant, plantes et arbustes gorgés de sève semblaient célébrer la saison renaissante. La nature gardait un aspect discrètement sauvage. En mouvement, songea Coop.

D'ordinaire, les fleurs le laissaient plutôt indifférent, mais il y avait indiscutablement une atmosphère unique dans ce lieu.

Son regard fut attiré par un tricycle rouge, dans l'allée principale. Il ressentit un vague malaise. Il n'appréciait pas particulièrement les enfants. Ce n'était pas qu'il ne les aimait pas, mais, pour lui, c'était vraiment l'inconnu. Les gamins avaient leur propre langage et leur propre culture que Coop ne comprenait pas. Sans compter qu'ils étaient minuscules et souvent poisseux.

Mais, quoi qu'il en soit, l'annonce immobilière vantait le calme et l'intimité de cette maison, située à une distance très raisonnable de Baltimore. C'était exactement ce qu'il lui fallait.

Il frappa encore, plusieurs coups insistants. Mais seul le son de la musique lui répondit. Il n'avait rien contre le rock, mais n'était pas homme à attendre derrière une porte si longtemps.

Il posa la main sur la poignée qui n'offrit aucune résistance. La maison n'était pas fermée à clé. Coop poussa la porte et entra. D'un geste machinal, il passa la main dans ses cheveux pour dégager la mèche brune qui tombait sur son front.

La première pièce était un salon assez désordonné. Pour un célibataire de trente-deux ans comme lui, qui avait vécu seul l'essentiel de sa vie, ce fouillis était incompréhensible. Pourtant, il n'était pas particulièrement maniaque ou difficile. Simplement, dans son esprit chaque chose avait une place : c'était tout de même le meilleur moyen de trouver ses affaires. De toute évidence, son bailleur potentiel n'était pas de cet avis !

Il y avait des jouets un peu partout, des piles de journaux et de magazines et une petite casquette aux couleurs de l'équipe de base-ball de Baltimore.

Au moins, le gosse avait bon goût, songea Coop en poursuivant son exploration.

Il trouva un cabinet de toilette peint dans des couleurs vives et un petit salon converti en bureau. Dans la cuisine, l'évier était rempli de vaisselle, et des dessins aux couleurs vives — l'œuvre d'un enfant débordant d'imagination — recouvraient le réfrigérateur.

Tout cela ne ressemblait pas du tout à Coop. Ce n'était sans doute pas plus mal que personne ne lui eût ouvert la porte. Contrairement à ce qu'il avait cru, l'endroit n'était pas fait pour lui.

Il envisagea malgré tout de monter à l'étage. Tant qu'il y était, après tout, autant visiter la maison.

Mais il renonça à cette idée et retourna sur le perron pour jeter un œil au jardin. Ce fut à ce moment qu'il aperçut un escalier ajouré de bois qui menait à un balcon. C'était sans doute l'entrée privée dont parlait la petite annonce.

Il hésita un bref instant, puis grimpa les marches.

La porte vitrée était ouverte et la musique battait son plein. L'odeur plaisante de la peinture fraîche flottait dans l'air. Coop entra.

La pièce principale, très spacieuse, combinait cuisine et salon. Les appareils ménagers n'étaient pas tout neufs, mais rutilants. Le sol en pierre venait d'être nettoyé, la senteur d'un détergent à base d'essence de pin était perceptible. Finalement, tout espoir n'était pas perdu, songea Coop. Il avança dans l'appartement privé, découvrit une salle de bains, aussi propre que la cuisine, avec de beaux murs blancs, comme il les aimait. A côté du lavabo, il aperçut un livre de bricolage, ouvert au chapitre « plomberie ». Méfiant,

Coop tourna le robinet et constata avec satisfaction que l'eau s'écoulait parfaitement.

D'un côté de l'entrée se trouvait une petite pièce qui aurait pu faire office de bureau, avec une très jolie vue sur le jardin. L'annonce parlait de deux chambres.

Guidé par la musique, il avança jusqu'à l'autre chambre, suffisamment spacieuse pour accueillir son lit king size. Le sol était recouvert de morceaux de tissu, mais on devinait çà et là les planches d'un parquet en chêne. Il y avait aussi des boîtes de peinture, et quantité de pinceaux et de rouleaux. Un ouvrier vêtu d'un baggy et pieds nus complétait le tableau. En dépit de sa casquette et de son habit trop grand, Coop n'eut aucun mal à comprendre qu'il s'agissait d'une femme : une silhouette élancée, juchée sur un escabeau. Le regard de Coop fut attiré par ses longs pieds fins, ses ongles vermillon et les taches de peinture qui maculaient sa peau. Elle chantait à tue-tête, en chœur avec la musique.

Coop frappa deux coups secs sur le chambranle de la porte.

— Excusez-moi !

La femme continuait de peindre, bougeant discrètement les hanches au rythme de la musique tout en levant le bras pour atteindre la bordure du plafond. Coop fit quelques pas, et tapa doucement sur son dos.

Elle poussa un cri, sursauta et se tourna tout en même temps.

En dépit de sa rapidité, Coop ne put éviter la gifle du pinceau sur sa joue. Il poussa un juron, s'écarta instinctivement puis plongea les bras en avant, pour attraper au vol la jeune femme qui perdait l'équilibre. L'espace d'un instant, il sentit son corps mince contre lui, aperçut son visage pâle et ses yeux noisette frangés de longs cils. Elle sentait bon le miel, un parfum doux, imperceptiblement sucré.

L'instant suivant, il trébuchait en arrière, avant de la poser à terre en grimaçant de douleur. En se débattant dans sa chute, elle lui avait donné un coup de genou à l'estomac.

Il releva la tête et la vit armée d'une boîte de peinture retournée, qu'elle était visiblement près de lui lancer à la figure.

— Ah, mais vous êtes folle ! maugréa-t-il. Je vous préviens, si vous faites ça, je serai obligé de me défendre.

— Comment ? hurla-t-elle.

— Je vous dis de poser cette boîte. Je suis là pour la petite annonce !

— Je n'entends rien !

Son regard exprimait la panique absolue. Et elle semblait prête à tout.

— J'ai dit : la petite annonce !

Estimant qu'elle ne lancerait plus la boîte, il alla couper le son de la chaîne stéréo.

— Je suis là pour répondre à la petite annonce ! répéta-t-il d'une voix forte, alors que le silence venait enfin de s'installer.

— Mais quelle annonce ?

— Pour l'appartement.

Coop passa la main sur sa joue et regarda la trace de peinture blanche laissée sur ses doigts.

— Je ne comprends toujours pas.

Elle regarda attentivement l'homme qui se tenait devant elle. Il avait l'air fort, pensa-t-elle. Un peu comme un nageur, large d'épaules et longiligne. Ses yeux d'un vert limpide frappaient par leur dureté, et sa mise, un vieux jean et un T-shirt des *Orioles*, l'équipe de base-ball de Baltimore, ne lui donnait pas vraiment l'apparence de respectabilité qui aurait pu la rassurer.

Elle se sentait prête à prendre la fuite à toutes jambes s'il le fallait.

— La petite annonce ne sera pas publiée avant demain.

— Ah bon ?

Pas plus décontenancé que ça, il sortit un papier de sa poche et le lui présenta.

— C'est bien la bonne adresse, non ?

Elle restait sur ses gardes.

— Je vous répète que l'annonce ne paraît que demain. Alors je ne vois vraiment pas comment vous pouvez être au courant.

— Ce n'est pas très compliqué, je travaille

pour le journal en question. Comme je cherche un appartement, j'ai demandé à la fille des petites annonces de regarder pour moi.

Il lut le petit papier.

Un appartement avec deux chambres, deuxième étage, entrée séparée, voisinage calme, situé à une distance idéale de Baltimore.

Elle fronçait encore les sourcils.

— Oui, c'est bien ça…

Conscient que son petit arrangement en interne n'était pas totalement déontologique, Coop voulut faire amende honorable.

— Ecoutez, cette fille s'est sans doute montrée un peu trop zélée. Je lui ai donné deux billets pour un match il y a dix jours et elle a dû penser que ce serait sympa de me filer le tuyau avec un peu d'avance.

Comme la jeune femme baissait doucement le bras, il tenta un sourire.

— J'ai d'abord frappé à la porte et, comme l'appartement était ouvert, je me suis permis d'entrer.

Il jugea préférable de ne pas parler de son petit tour dans la maison principale.

— L'annonce ne précisait pas l'adresse, rétorqua-t-elle, l'air toujours aussi méfiant.

— Je l'ai eue parce que je travaille au journal.

La jeune femme le dévisageait avec perplexité. Curieusement, son visage lui semblait vaguement familier. Et ce n'était pas n'importe quel visage ! Des pommettes parfaitement dessinées, un regard ardent et un teint diaphane, opalescent, que beaucoup de femmes lui auraient envié. Sa bouche était sensuelle, avec une lèvre inférieure délicatement pulpeuse.

Mais, pour l'heure, ce beau visage le scrutait sombrement.

— Vous avez donné votre adresse au journal pour la facturation de l'annonce, expliqua-t-il. Et comme aujourd'hui j'avais deux heures devant moi, j'ai eu envie de venir pour jeter un coup d'œil… Ecoutez, si vous préférez, je peux revenir demain.

Mais comme je suis là, autant en profiter, non ? Je peux vous montrer ma carte de presse, si vous voulez.

Il la lui présenta aussitôt et constata avec plaisir qu'elle plissait les yeux pour l'étudier.

— Je suis éditorialiste pour la section sportive. J. Cooper McKinnon. « Tout pour le jeu », vous connaissez ?

— Ah…

Elle ne voyait pas du tout de quoi il s'agissait, mais acquiesça machinalement. La rubrique sportive des journaux n'était pas particulièrement sa tasse de thé. Mais le sourire de l'homme l'avait apaisée. Il n'avait plus l'air si terrifiant, à présent. Et puis la trace de peinture fraîche qu'elle lui avait laissée sur la joue ajoutait une petite touche comique à la scène.

— Dans ce cas, c'est d'accord. Seulement, je n'avais pas prévu de faire visiter l'appartement avant deux jours. Il n'est pas encore prêt, comme vous pouvez le constater. Je suis encore en train de peindre.

— J'avais remarqué…

Elle éclata de rire. Un rire profond et rauque qui rappelait la chaleur de sa voix.

— En effet. Je me présente, Zoe Fleming. Tenez, prenez cette serviette si vous voulez vous essuyer un peu.

— Merci. D'après l'annonce, l'appartement était immédiatement disponible.

— Je pensais avoir terminé pour demain, le jour où l'annonce devait paraître. Vous habitez dans le coin ?

— J'ai un appartement en ville, mais je cherche quelque chose d'un peu plus grand, avec un peu plus de caractère.

— Cet appartement est relativement grand. Il a été aménagé il y a huit ans environ. L'ancien propriétaire l'avait fait faire pour son fils. Mais, à sa mort, son fils a tout vendu et déménagé en Californie. Je crois qu'il voulait écrire des séries télé.

Coop se dirigea vers la fenêtre pour vérifier la vue.

Ses mouvements étaient fluides, songea

Zoe, comme ceux d'un homme fort et sûr de lui. Lorsqu'elle était tombée dans ses bras, quelques minutes plus tôt, elle avait perçu la solidité de son corps dur et ferme. Il avait de bons réflexes. Après tout, ça ne serait peut-être pas plus mal d'avoir un homme dans les parages.

— Vous allez emménager seul, monsieur McKinnon ?

Elle pensa combien ce serait épatant s'il s'installait en famille — avec peut-être un enfant pour jouer avec Keenan.

— Oui, seul. Je peux m'installer dès ce week-end.

Coop sourit. Ce serait agréable de vivre ici, plutôt que dans une tour sans âme, avec des appartements tous conçus sur le même modèle.

Zoe n'avait pas imaginé que ce serait si facile de louer son appartement. C'était la première fois qu'elle était bailleresse. Mais comme elle avait déjà été locataire par le passé, elle connaissait un peu les ficelles du contrat.

— C'est parfait. Je vous demanderai deux mois d'avance.

— Bien entendu.

— Ah oui ! et quelques références, peut-être.

— Aucun problème, je vais vous donner le numéro de téléphone de la compagnie qui gère mon immeuble. Vous pouvez également appeler le journal. Est-ce que vous avez l'exemplaire du bail à signer ?

Elle ne l'avait pas encore et devait s'occuper de cela dans la soirée.

— Je l'aurai demain. Vous ne voulez pas visiter les autres pièces ? Avez-vous des questions particulières ?

— J'ai tout vu et ça me va très bien.

— Parfait. Dans ce cas, je suppose qu'il ne me reste plus qu'à faire annuler ma petite annonce.

**
*

Il y eut un bruit de cavalcade, comme un troupeau d'éléphants. Zoe s'arrêta net, tourna la tête vers la porte et s'accroupit pour intercepter le missile qui déboulait dans la pièce.

C'était un petit garçon blond, constata Coop, revêtu d'un pull rouge et d'un jean couvert de poussière. Il tenait à la main une boîte à goûter, décorée avec l'image d'une bataille spatiale, et une grande feuille de dessin.

— J'ai dessiné l'océan, annonça-t-il triomphalement. Et un million de personnes ont été dévorées par les requins.

— Quelle horreur ! s'exclama Zoe avec un air complice.

Elle prit le temps d'examiner le chef-d'œuvre.

— Ce sont vraiment de très gros requins.

Elle semblait identifier sans problème les formes indistinctes qui représentaient les requins de celles qui évoquaient des formes humaines. Coop se demanda comment elle pouvait accomplir cet exploit.

— Ce sont des requins monstres. Des requins monstres et mutants à la fois, tu vois. Ils ont des dents énormes.

— C'est ce que je vois, mon chéri. Keenan, dis bonjour à M. McKinnon, notre nouveau locataire.

Le petit garçon s'accrocha à la jambe de sa mère, l'air un peu intimidé soudain. Puis il leva la tête vers Coop, regarda attentivement son T-shirt et s'illumina.

— Oh ! c'est une équipe de base-ball, les *Orioles*. Je les connais et j'ai même une casquette. Je vais apprendre à jouer au base-ball. Maman va s'acheter un livre pour pouvoir m'apprendre !

Un livre ! Coop eut du mal à réprimer un ricanement. Comme si on pouvait apprendre à jouer au plus beau jeu inventé par l'être humain dans un livre ! Le père du gosse devait être un sacré rat de bibliothèque, ou un type coincé derrière son écran d'ordinateur à longueur de journée.

— Génial, répondit-il néanmoins.

Il ne comptait pas aller plus loin dans la conversation. Selon lui, c'était plus sage d'éviter de discuter avec quiconque ayant moins de seize ans. Ça ne menait à rien.

Mais le jeune garçon n'était manifestement pas du genre à garder sa langue dans sa poche.

— Si vous vivez ici, il va falloir payer un loyer, vous savez, déclara-t-il. Comme ça, nous, on pourra rembourser notre emprunt et ensuite aller à Disney World.

Quel curieux petit garçon ! songea Coop. En avance sur son âge, manifestement.

Zoe éclata de rire et passa la main dans les cheveux de l'enfant.

— C'est bon, mon grand. Je vais me débrouiller toute seule. Tu ferais bien de redescendre et d'aller ranger tes affaires.

— Est-ce que Beth viendra jouer avec moi ce soir ?

— Oui. Maintenant, file. Je te rejoins dans une minute.

— D'accord !

L'enfant se précipita vers la porte en courant. Zoe le rappela aussitôt.

— Keenan ?

Elle leva simplement un sourcil et le garçonnet se tourna vers Coop en souriant.

— Au revoir, m'sieur !

Il s'élança de nouveau, puis dévala l'escalier aussi bruyamment qu'il l'avait monté.

— On peut dire que cet enfant sait faire son entrée ! dit Zoe en se tournant vers Coop. Il tient ça de ma mère. Elle est actrice, à Broadway.

Comme il ne répondait rien, elle pencha légèrement la tête sur le côté.

— Hum, je vous sens prêt à changer d'avis. Un problème avec les enfants ?

— Non.

Coop doutait fort que ce petit garçon puisse le gêner. Il n'approcherait pas de chez lui et si d'aventure il le faisait, il le renverrait à ses pénates, tout simplement.

— Non, aucun problème. Il est… euh, mignon.

— Oui, il est très mignon. Oh ! je n'irai pas jusqu'à prétendre que c'est un ange, mais il ne vous dérangera pas. Et si jamais il vous ennuie, n'hésitez pas à me le dire.

— Entendu. Je reviendrai demain pour signer le bail, si ça vous convient.

— Tout à fait.

— Est-ce qu'une heure vous arrange en particulier ?

Zoe parut songeuse un bref instant.

— On est quel jour demain, déjà ?

— Vendredi.

Elle ferma les yeux pour réfléchir.

— Je crois que je travaille entre 10 heures et 14 heures… oui, c'est ça. Alors, n'importe quand à partir de 14 h 30.

— C'est parfait. Eh bien, ce fut un plaisir de faire votre connaissance, madame Fleming.

Ils échangèrent une poignée de main.

— C'est mademoiselle, corrigea-t-elle d'un air dégagé. Et puis, comme nous allons vivre ensemble, enfin, façon de parler, vous pouvez m'appeler Zoe.

Chapitre 2

Personne ne répondait à la porte. Une fois de plus.

Coop jeta un coup d'œil à sa montre. 15 h 15. Il n'était pas pointilleux, mais tout de même ! Dans son métier, il fallait faire preuve de ponctualité. Cette rigueur à l'égard des autres et de lui-même était constitutive de sa personnalité.

Le break n'était pas garé dans l'allée, cette fois-ci.

Coop fit le tour de la maison, en espérant le trouver. Rien. Il s'apprêtait à retourner près de l'escalier de l'appartement qu'il devait louer quand il entendit une voix qui l'appelait.

— Ohé, jeune homme ! Ohé ! Par ici !

Il tourna la tête du côté de la haie. C'était la voisine qui lui faisait signe de son propre jardin. Une femme déjà grand-mère sans doute, revêtue d'une robe à fleurs. Ses cheveux teints en roux auréolaient un visage rond et souriant.

— Attendez, j'arrive ! lança-t-elle joyeusement.

Elle trottina jusqu'au perron de la maison et se présenta à lui, légèrement essoufflée.

— Ouf… ! Je ne suis plus toute jeune. Je me présente, Mme Finkleman.

— Bonjour, madame.

— Vous devez être le jeune homme qui va emménager à l'étage ?

Mme Finkleman passa la main dans les boucles de ses cheveux, en un geste coquet et maladroit.

— Zoe ne m'avait pas dit que vous étiez si séduisant, reprit-elle d'un ton sucré. Célibataire ?

— Oui, répondit Coop avec prudence.

J'avais rendez-vous avec Mlle Fleming. Je n'ai pas l'impression qu'elle soit chez elle.

— Ah ! que voulez-vous, ça, c'est Zoe, toujours en vadrouille !

Visiblement ravie de faire un brin de conversation avec Coop, Mme Finkleman s'adossa contre le mur.

— Elle a toujours mille projets sur le feu et ne manque pas d'énergie, la chérie. Elever un petit garçon toute seule, ça ne doit pas être facile, vous savez. Moi, je ne sais pas comment j'aurais fait si je n'avais pas eu mon Harry pour m'aider, quand les enfants étaient petits.

Cette brave femme avait réussi à piquer la curiosité de Coop. Ce n'était pas vraiment de l'indiscrétion, mais plutôt une déformation professionnelle. Après tout, il n'était pas reporter pour rien.

— Le père du petit ne l'aide pas du tout ?

Mme Finkleman eut un petit rire de dédain.

— Je ne l'ai jamais vu. D'après ce qu'on m'a raconté, il s'est évanoui dans la nature le

jour où il a découvert que Zoe était enceinte.
Pfftt… comme ça ! Il l'a laissée, la pauvre,
alors qu'elle était presque une enfant elle-
même. Je ne crois pas qu'il ait déjà vu le
gosse. Ce pauvre petit chou !

— Il est mignon, répondit poliment Coop.
Il a quel âge ? Cinq ? Six ans ?

— Tout juste quatre ! Il est incroyablement
éveillé pour son âge. C'est comme ça, de
nos jours. Les enfants grandissent plus vite.
Le trésor est en maternelle, maintenant. Il
ne devrait pas tarder à rentrer, d'ailleurs.

— Sa mère est allée le chercher à l'école ?

— Non, non ce n'est pas sa semaine pour
conduire les enfants. C'est le tour d'Alice
Miller : vous voyez la maison blanche avec
les volets bleus plus bas dans la rue — eh
bien, c'est elle. Elle a une fille et un garçon.
Des amours eux aussi. La plus jeune, Steffie,
a l'âge de Keenan. Et le grand, Brad, oh, il
vous plairait… !

Conscient que l'aimable voisine était sur
le point de lui raconter la vie de son quartier,

Coop estima qu'il était temps de mettre un terme à la conversation.

— Est-ce que vous pourriez dire à Mlle Fleming que je suis passé ? Je pourrais peut-être vous laisser un numéro où me joindre et…

— Que je suis bête ! s'exclama alors Mme Finkleman. Je parle, je parle et j'allais presque oublier ce que je voulais vous dire. Zoe m'a appelée pour me demander de vous transmettre un message. Elle est bloquée chez le fleuriste. Elle travaille là-bas trois jours par semaine. Une belle boutique qui s'appelle « Des fleurs et des bouquets » — vous savez, à Ellicott, pas très loin d'ici ? C'est un bel endroit, mais les prix sont exorbitants. Moi, ça me sidère ! Franchement, faire payer si cher une tulipe…

— Elle est bloquée ? l'interrompit Coop.

— Oui, sa remplaçante a eu une panne de voiture, du coup Zoe sera en retard. Elle m'a dit que vous pouviez entrer dans la cuisine, elle a laissé le bail et les clés sur la table.

— Très bien, merci beaucoup, madame.

— Oh ! je vous en prie. Le voisinage est très agréable par ici et vous trouverez toujours quelqu'un pour vous donner un coup de main. Je ne sais plus si Zoe m'a dit quel était votre métier.

— Je suis reporter sportif pour le *Dispatch*.

— C'est vrai ? Ça alors ! Mon Harry est fou de sports. Impossible d'obtenir son attention lorsqu'il regarde un match à la télévision !

— Je le comprends !

Mme Finkleman éclata de rire et donna une tape dans le dos de Coop, qui aurait sans doute fait vaciller un homme moins athlétique que lui.

— Ah, vous les hommes ! Tous les mêmes, hein ! Dans ce cas, n'hésitez pas à vous inviter chez nous quand vous voulez. Harry sera ravi de parler sport avec vous. Quant à moi, ce n'est pas la peine d'essayer. Sauf si c'est du base-ball bien sûr.

Coop, qui était sur le point de battre en retraite, s'illumina.

— Vous aimez le base-ball ?

— Mon petit, je suis née à Baltimore, tout de même, répondit Mme Finkleman, comme si cela expliquait tout. Je pense que notre équipe a de bonnes chances pour le championnat cette année. Croyez-moi sur parole !

— Je suis d'accord avec vous, à condition qu'ils chauffent un peu leurs battes. Leur jeu de rotation est parfait et la défense est très serrée. Ce dont ils ont besoin avant tout, c'est…

Coop fut interrompu par un cri joyeux. C'était Keenan qui arrivait en courant, droit vers eux.

— Bonjour m'sieur, bonjour madame Finkleman ! Vous savez, Carly Myers est tombée dans la cour de récréation et elle a saigné.

Les grands yeux bruns de l'enfant brillaient d'excitation. Il poursuivit sans reprendre son souffle.

— Elle a saigné énormément et elle a pleuré et pleuré.

Pour appuyer son propos, il poussa un cri strident qui manqua crever les tympans de Coop.

— Et, après, l'infirmière lui a mis un pansement avec des étoiles dessus. La chance qu'elle a eue ! Elle est où, maman ?

Mme Finkleman lui donna un baiser claquant sur la joue.

— Elle travaille un peu plus tard ce soir, mon poussin. Elle m'a dit que tu pouvais venir chez moi en l'attendant.

— D'accord, mais, d'abord, il faut que j'aille ranger ma boîte à goûter.

— Que tu es chou, bien sûr ! Tu viendras après. Pourquoi est-ce que tu ne ferais pas entrer ce gentil monsieur dans la cuisine pour qu'il puisse attendre ta maman, lui aussi ?

Aussitôt, Keenan saisit la main de Coop pour lui montrer la direction. Une petite main toute collante, comme il fallait s'y attendre.

— On a des biscuits superbons à la

maison, déclara l'enfant joyeusement. C'est nous qui les faisons nous-mêmes !

— Ah… génial !

— Ils sont vraiment, vraiment bons.

— Je n'en doute pas.

Lorsqu'ils furent dans la cuisine, le petit garçon montra du doigt une grande boîte en céramique posée en hauteur.

— Ils sont là, mais je suis trop petit pour les attraper.

— Très bien, je m'en occupe, répondit Coop, pressé de mettre un terme à l'excitation fébrile de Keenan.

Il prit la boîte, saisit une pleine poignée de biscuits et les déposa sur la table devant le petit garçon, qui n'en croyait pas ses yeux.

— Vous pouvez en prendre un, dit-il en mettant un biscuit entier dans sa bouche.

Coop haussa les épaules et goûta un gâteau. L'enfant avait raison, c'était un délice.

— Tu ne devais pas aller chez la voisine ?

Keenan dévora un autre gâteau, avant de se lever.

— Si, mais, d'abord, je dois laver ma Thermos, sinon, après, ça sent pas très bon.

— O.K., tu as raison. Je te laisse faire.

Keenan se mit face à l'évier et versa un peu de liquide vaisselle dans sa Thermos. Puis, voyant que Coop était plongé dans la lecture du bail et ne prêtait plus attention à lui, il ajouta du liquide vaisselle, puis encore et encore. Il ouvrit le robinet en grand et une mousse considérable se forma sous ses yeux ravis. Pour que le jeu soit plus amusant encore, il boucha l'évier et se mit à jouer avec les grosses bulles qui montaient jusqu'au robinet.

Coop était entièrement absorbé dans la lecture du bail, qui lui semblait très bien conçu. Zoe avait déjà signé les deux exemplaires. Il ne lui restait plus qu'à en faire autant.

Alors qu'il prenait les clés et se levait pour ranger son exemplaire dans sa poche, il vit l'enfant.

— Mon Dieu !

Keenan était trempé de la tête aux pieds. L'évier était totalement inondé.

— Mais qu'est-ce que tu fais ?

Le petit garçon tourna la tête et répondit en souriant :

— Ben rien !

— Mais enfin, regarde, tu as mis de l'eau partout ! s'exclama Coop en cherchant une serviette.

— Ah oui, c'est vrai ça, partout, partout, répondit Keenan en éclatant de rire.

Puis il donna une grande claque dans l'eau et un geyser d'eau et de mousse éclaboussa le carrelage. Coop n'en revenait pas.

— Mais voyons, ferme le robinet ! Tu ne devais pas aller chez Mme Finkleman… ? Oh ! non !

Il venait de recevoir un second jet mousseux sur le visage.

La porte de l'entrée claqua.

— Keenan ! s'écria Zoe. J'espère que tu n'es pas allé chercher des gâteaux dans la boîte.

Coop regarda les miettes sur la table et la flaque d'eau sous l'évier.

— Oh ! non…, marmonna-t-il.

— Oh ! non…, reprit l'enfant, en souriant.

Zoe entra dans la pièce.

— Coucou maman !

Zoe poussa un petit cri de surprise. Son fils dégoulinait sur le sol détrempé de la cuisine. Quant à son futur locataire, il venait manifestement d'être aspergé et semblait légèrement penaud. Ce qui lui donnait un air vraiment charmant.

— Keenan, tu joues encore avec l'eau ? dit-elle avec un calme qui surprit Coop.

Puis elle posa le bouquet d'iris qu'elle tenait dans les bras, et grimaça devant les miettes de biscuits qui jonchaient la table et le sol. L'enfant surprit son regard.

— Le monsieur voulait goûter nos gâteaux ! s'écria-t-il.

Zoe secoua la tête doucement.

— Oh, bien sûr ! Maintenant, va tout de suite dans la buanderie et retire tes habits.

— Oui, maman, pardon d'être tout mouillé…

Sur ces mots, Keenan sortit de la pièce en courant.

— Je suis navrée d'être en retard, déclara alors Zoe tout en retirant le bouchon de l'évier.

Puis elle ouvrit la porte d'un placard pour en sortir un vase.

Coop songea qu'il aurait sans doute dû lui raconter ce qui s'était passé durant les dix dernières minutes et se demanda s'il devait présenter des excuses. Comme il ne savait trop que faire, il se contenta de dire qu'il avait signé le bail.

— Ah ! très bien ! Dites, est-ce que vous pouvez remplir ce vase pour moi ? Je dois aller dire un mot à mon fils.

— Bien sûr.

Coop craignit qu'elle ne gronde l'enfant, mais les sons qui lui parvinrent bientôt de la buanderie semblaient plutôt joyeux. La mère et l'enfant riaient tous les deux aux éclats.

— Oh ! attention à vous, il y a de l'eau par terre, dit Zoe lorsqu'elle revint dans la cuisine.

— Ah oui… euh, tenez, voilà le vase.

— Merci. J'ai cru comprendre que vous aviez rencontré Mme Finkleman ?

— Les nouvelles vont vite…

— Ici ? Je ne vous le fais pas dire !

Elle arrangea les fleurs dans le vase et lui tendit une serviette pour qu'il puisse s'essuyer le visage. Il sentit à ce moment-là son parfum, une fragrance beaucoup plus troublante et délicate que celle des fleurs. Revêtue d'un baggy et d'un T-shirt avec un motif floral, à l'enseigne du magasin, elle dégageait une impression de fraîcheur et de jeunesse. Ses cheveux avaient une nuance qu'il n'aurait su définir, une teinte dorée, entre le brun et le blond. Elle les avait noués en queue-de-cheval, une coiffure qui mettait en valeur l'ovale parfait de son visage.

Comme elle le regardait curieusement, il s'aperçut qu'il était en train de la dévisager.

— Pardon… euh, je veux dire… je suis désolé pour ce capharnaüm.

— Vous avez joué avec l'eau, vous aussi ? le taquina-t-elle.

Impossible de ne pas répondre à un sourire aussi charmant.

Ce n'était pas si mal d'avoir une si jolie propriétaire, de partager cette maison avec elle, peut-être même un dîner de temps en temps, ou alors…

— Maman !

Keenan se tenait sur le pas de la porte, en slip.

— Je ne trouve pas mon pantalon.

— Dans le panier, à côté du lave-linge, répondit-elle sans lâcher Coop des yeux.

Il avait un peu vite oublié le petit garçon. Zoe n'était pas seule. Il refoula la pensée qui l'avait traversé quelques instants auparavant et montra les clés qu'il tenait à la main.

— J'ai quelques cartons dans la voiture, je vais commencer à m'installer cet après-midi.

— Très bien.

C'était idiot, mais Zoe sentait une pointe de déception la gagner. La lueur d'intérêt et de désir qu'elle avait lue dans ses yeux s'était éteinte à l'instant même où Keenan était entré dans la pièce.

— Vous avez besoin d'aide ?

— Non, merci, je vais me débrouiller. Je dois couvrir un match ce soir, alors je vais simplement commencer et je finirai demain.

Il se dirigea vers la porte et tourna la tête au moment de sortir.

— Merci beaucoup.

— Soyez le bienvenu à bord, monsieur McKinnon.

— Coop… Appelez-moi Coop.

Coop… , songea-t-elle en s'adossant contre le mur. C'était vraiment une bonne idée de louer l'appartement au-dessus de chez elle. Le revenu supplémentaire lui permettrait de vivre plus confortablement et peut-être de s'autoriser quelques extra. Comme ce voyage à Disney World dont Keenan mourait d'envie.

En achetant cette maison, elle avait pris un risque. Mais elle voulait que son fils grandisse dans un quartier agréable, avec un jardin, peut-être même un chien lorsqu'il serait plus grand. Le loyer de Coop allait vraiment la soulager.

Seulement, elle n'avait pas du tout imaginé jusqu'alors que ce nouveau voisin pouvait lui aussi représenter un risque, plus personnel. Ce serait sans doute étrange d'avoir un locataire célibataire et terriblement séduisant.

Elle se moqua d'elle-même. *Tu peux toujours rêver !* J. Cooper McKinnon était comme tous les autres, un homme qui détalait en quatrième vitesse dès qu'il entendait le son des petits pieds de son fils.

Un objet tomba dans la buanderie et elle secoua la tête en souriant.

— Allez, viens, petit pirate. Il est temps de nettoyer le pont !

Chapitre 3

— C'est un appart vraiment sympa, Coop. Oui, vraiment sympa.

Ben Robbins, reporter au *Dispatch*, sirotait sa bière tout en balayant des yeux le logement de Coop.

— Pour ne rien te cacher, je n'étais pas totalement convaincu quand on a monté toutes tes affaires ici, l'autre jour, poursuivit-il, mais tu as l'œil. Pas mal du tout !

C'était beaucoup mieux que « pas mal du tout », et Coop le savait bien. L'ameublement était sobre, épuré. Il avait installé son imposant canapé en cuir au centre de la pièce, face à un grand écran de télévision qui lui permettrait de suivre les matchs. De chaque côté, deux lampes diffusaient une lumière douce et chaleureuse. Une table basse de bois brut, un peu marquée par les traces des innombrables pieds qui s'étaient posés dessus, et un fauteuil au volume accueillant complétaient le mobilier.

Dans un recoin de la pièce, il avait installé une batte de base-ball, parce que taper dans une balle de temps à autre l'aidait à réfléchir. Le lieu était en lui-même un hommage au sport et à l'esprit festif qui allait de pair avec lui. Un vieux flipper et un baby-foot ajoutaient au charme original du décor, tout comme la raquette de tennis, la crosse de hockey et les gants de boxe accrochés au mur.

Pour Coop, ce n'était pas totalement des jouets, mais plutôt des outils de travail.

Pour les fenêtres, il avait préféré les stores aux rideaux, plus pratiques pour faire la sieste s'il décidait un jour de s'en octroyer une.

Dans la chambre, il n'y avait guère qu'un lit, une table de chevet et un deuxième téléviseur. C'était un endroit pour dormir

— ou, s'il avait de la chance, pour un autre type de sport.

Mais la pièce qu'il aimait le plus était le bureau. Il se voyait déjà passer des heures derrière son ordinateur pour analyser les matchs et rédiger ses articles. La table de travail était ancienne et les discrètes cicatrices du temps passé sur le bois lui étaient chères et familières. Grâce au téléphone, au fax et à internet, il serait en contact permanent avec le monde extérieur, et son lecteur DVD lui servirait à décrypter les mouvements les plus complexes et les plus controversés des matchs.

Avec les tableaux, les photos et les divers souvenirs d'exploits sportifs qui habillaient les murs, il était vraiment à la maison.

Sa maison.

— Tu sais, ton appart me fait penser à un bar, déclara Ben en étirant ses jambes courtes et velues. Ce genre d'endroits où les équipes se retrouvent après un bon match.

Pour Coop, c'était le plus beau compliment qu'on puisse lui faire.

— Merci, je dois dire que ça me plaît.

Ben acquiesça et leva sa chope pour porter un toast.

— Au terrain !

Il but plusieurs gorgées d'une traite et reprit :

— Ici, c'est le lieu rêvé pour un homme. Un endroit où tu peux te reposer, être toi-même. Tu sais, depuis que je me suis installé avec Sheila, je me retrouve avec plein de petits bibelots en porcelaine partout, et des sous-vêtements accrochés dans la salle de bains. Oh…, l'autre jour, elle est rentrée avec un nouveau couvre-lit, un truc à fleurs… rose ! C'est un peu comme dormir dans une prairie.

Il ponctua sa dernière remarque d'un éclat de rire.

— Ah, c'est toi qui l'as voulu, mon pote ! fit Coop en posant ses pieds sur la table basse.

— Je sais, je sais. Le pis, c'est que je

suis fou d'elle ! Et, en plus, elle est fan de l'équipe d'Oakland.

Coop haussa les épaules.

— Il faut de tout pour faire un monde… Au fait, j'ai entendu dire que Ramirez va être transféré.

— Arrête !

— Si, ça fait toute une histoire en ce moment. Ils vont l'envoyer à Dunbar.

— C'est vraiment idiot, Ramirez est un excellent batteur dans son équipe actuelle.

Les deux hommes poursuivirent leur discussion d'experts et finirent leur bière dans une atmosphère de complicité virile.

— J'ai un match à couvrir ce soir, déclara Coop au bout d'un moment.

— Ah bon ? Je croyais que les *Orioles* jouaient à Chicago jusqu'à demain.

Coop alla chercher son magnétophone, un bloc et un crayon.

— C'est le cas, mais, ce soir, je vais voir le match de l'université. Ils ont un joueur très prometteur et je me suis dit que ça valait le coup d'aller jeter un œil et d'obtenir une interview.

Ben se leva.

— Quel boulot ! Aller voir des matchs, traîner dans les vestiaires.

— Oui, je sais, c'est difficile.

Coop posa le bras sur l'épaule de son ami.

— Et toi ? Ça avance, ton article sur la castration des animaux de compagnie ? demanda-t-il, moqueur.

— Laisse tomber, Coop !

— Ne fais pas cette tête ! Que veux-tu, pendant que certains vont visiter des four-rières, d'autres s'installent sur les gradins d'un stade. Ce sont les dures lois du métier.

Coop songea que c'était une journée idéale pour un match : le ciel était parfaitement dégagé. Il sentait déjà le doux parfum des cacahuètes grillées et des hot-dogs.

— Pendant que tu seras à ton match, moi je serai dans les bras d'une femme, figure-toi.

— Sous un couvre-lit rose fleuri !

— C'est vrai, mais elle prétend que les

fleurs lui donnent l'impression d'être plus sexy. Et laisse-moi te dire qu'elle n'a pas tort… Oh ! non, vraiment, tu peux me croire…

Le visage de Ben changea d'expression d'un seul coup. L'air ébahi, il regardait fixement la porte d'entrée. Coop tourna les yeux à son tour et resta un moment sous le choc.

Zoe.

Elle portait la minijupe la plus courte qu'il eût jamais vue. Ses jambes interminables étaient fuselées dans un collant noir et ses chaussures à talons hauts lui donnaient une démarche divinement chaloupée. Son corsage blanc exposait son décolleté au regard. Autour du cou, elle avait noué un ruban de satin noir. Coop eut d'un seul coup l'impression que tout son corps s'embrasait.

Zoe avait lâché ses cheveux lisses, qui venaient caresser la ligne de ses épaules. Leur teinte incroyable lui évoqua curieusement la robe chatoyante d'une jeune biche.

Elle s'arrêta face à eux, sourit et dit quelque

chose qu'il n'entendit pas. Son esprit avait cessé de fonctionner normalement à l'instant où il avait posé les yeux sur ses jambes.

— Euh… pardon… ?

— … si vous étiez bien installé.

— Ah… euh, comment ?

Il clignait des yeux comme un homme sorti d'un profond sommeil.

— Je disais que je venais m'assurer que vous étiez bien installé.

— Ah… oui ! Très bien, je vous remercie.

— Tant mieux. Keenan a attrapé un gros rhume, du coup je n'avais pas encore eu le temps de passer vous voir, mais je vous ai aperçu en train de monter des meubles, il y a deux jours.

Ben donna un discret coup de coude à Coop.

— Ah oui… excusez-moi, je ne vous ai pas encore présenté mon ami Ben. Il m'a donné un coup de main pour l'emménagement.

— Bonjour, Ben. Je suis Zoe.

— Bonjour, Zoe. Je suis Ben, répondit-il, avec l'air un peu stupide.

Zoe se mit à sourire. C'était sa tenue, elle le savait. Et même si elle détestait ça, elle ne pouvait pas s'empêcher d'être amusée par l'impact de trois bouts de chiffon sur les hommes.

— Vous êtes journaliste, vous aussi ? s'enquit-elle poliment.

— Oui.

— Dans le sport aussi ?

— Euh… non. En ce moment, j'écris un article sur la castration des animaux domestiques.

— Ah ?

Zoe se sentait désolée pour Ben, qui déglutissait péniblement, conscient d'avoir parlé trop vite.

— Eh bien, j'essaierai de le lire. En tout cas, je suis contente que l'installation se soit bien passée. Je vous laisse, je dois aller travailler.

— Vous partez ? Dans… euh… cette tenue ?

Zoe pinça les lèvres.

— Figurez-vous que je m'habille comme ça quand je fais du stop, mais, ce soir, je me suis dit que j'irais travailler avec cet ensemble. Au *Shadows*. Je suis serveuse. Ben, j'ai été ravie de faire votre connaissance.

Elle descendit l'escalier sans ajouter un mot. Ben et Coop la regardaient encore lorsqu'elle quitta l'allée en voiture.

— Ta propriétaire… c'était ta propriétaire, dit Ben en sifflant d'admiration.

— Je crois bien.

Zoe ne ressemblait pas du tout à ça lorsqu'il avait signé le bail. Belle, elle l'était déjà, vraiment belle même, mais d'une façon plus inoffensive. Elle n'avait pas l'air si, si… Les mots lui manquaient. C'était une mère de famille, enfin ! Elle n'était pas censée ressembler à ça.

— Elle a un enfant, dit Coop.

— Ah oui ? Quel genre ?

— Humain, il me semble.

— Fais pas l'idiot !

— Un garçon, répondit Coop d'une voix absente. De cette taille à peu près.

Il leva la main à un mètre du sol

— Elle a peut-être un gosse, mais elle a aussi des jambes. Et des jambes de cette taille !

Ben plaça sa propre main à hauteur de la gorge.

— Tu es un sacré veinard, Coop. Mon propriétaire a des bras de rugbyman et un tatouage en forme de lézard. La tienne est belle comme un mannequin.

— C'est une mère de famille.

— Ouais, peut-être, mais je ne serais pas contre le fait qu'elle me serve un verre de lait et des cookies ! Bon, il faut que je te laisse !

— Salut, Ben, et encore merci pour ton aide.

Après le départ de son ami, Coop rêvassa devant la porte de chez lui. Une mère de

famille ne ressemblait pas à ça, normalement. Une mère de famille devait avoir l'air
rassurant, dégager une impression de confort
et de sécurité. Il soupira profondément pour
chasser le nœud qui lui serrait la gorge.

Zoe n'était pas *sa* mère, pensa-t-il.

A minuit, Zoe ne sentait plus ses pieds.
Son dos lui faisait mal. Quant à ses bras, ils
étaient tout endoloris, comme si elle avait
dû porter des caisses de bouteilles plutôt
que des plateaux avec des verres.

Elle avait éconduit six hommes qui s'étaient
essayés à la courtiser. Deux d'entre eux, qui
avaient l'air sincères, l'avaient amusée. Un
autre s'était montré suffisamment insultant
pour qu'elle le congédie sans ménagement.
Et les trois autres étaient insignifiants, elle
avait simplement ignoré leurs discours de
dragueurs à la petite semaine. Ceux-là, elle
les connaissait bien. C'était une routine qui
allait de pair avec son travail.

Le bar tenait son nom des jeux d'ombre et de lumière, savamment créés par des spots et des néons tamisés. Le décor s'inspirait des années cinquante et les serveuses étaient habillées en pin-up pour coller avec l'esprit du lieu.

Heureusement, les pourboires étaient généreux et la clientèle agréable, le plus souvent.

— Deux bouteilles de vin maison, un Black Russian, et un café allongé, annonça-t-elle au barman.

En attendant la commande, elle prit un petit moment pour détendre ses épaules fatiguées.

Pourvu que Beth n'ait pas eu trop de mal à coucher Keenan. Il avait été excité toute la journée, signe que son rhume était quasiment terminé. Le matin même, lorsqu'elle avait émis l'idée qu'il pourrait retourner à l'école, il avait geint en disant qu'il se sentait encore trop faible. Un vrai comédien !

Son fils ne tenait pas ça d'elle, qui n'avait

jamais fait de caprice pour manquer un jour d'école. A présent qu'elle avait vingt-cinq ans, elle regrettait sincèrement de ne pas avoir poursuivi ses études. Si elle s'était inscrite à l'université, elle aurait pu développer ses talents et choisir une carrière. Mais, au lieu de cela, elle s'était arrêtée après avoir obtenu son diplôme de fin d'études secondaires. Elle aurait pu, pourtant, prétendre à quelque chose de plus intéressant que de servir des hommes qui louchaient sur son décolleté.

Elle ne cultivait pas de regrets. Ce n'était pas son genre. Elle avait fait ce qu'elle avait fait et en nourrissait une fierté légitime. Et sa plus grande fierté, c'était Keenan. D'ici deux ans, elle aurait mis suffisamment d'argent de côté pour rendre son uniforme au propriétaire du bar. Elle espérait être en mesure d'ouvrir son propre magasin de fleurs et de ne plus être obligée de confier Keenan à des baby-sitters trois soirs par semaine.

Il fallut servir les boissons et prendre une

nouvelle commande. Dieu merci, sa pause l'attendait cinq minutes plus tard !

Lorsqu'elle aperçut Coop qui entrait, son premier réflexe fut de penser à Keenan. Mais cette inquiétude se dissipa aussitôt. Son locataire paraissait détendu et il cherchait une table des yeux. Leurs regards se croisèrent. Il sourit et se dirigea vers elle.

— Bonsoir, j'avais envie de prendre un verre.

— Vous êtes bien tombé, alors ! Vous préférez une table ou vous installer au bar ?

— Une table. Vous avez une minute à me consacrer ?

— Au quart, j'en aurai même quinze. Pourquoi ?

— J'aimerais vous parler.

— D'accord. Que puis-je vous servir ?

— Un café, noir.

— C'est parti. Asseyez-vous, je vous apporte ça tout de suite.

Coop dut faire un effort pour ne pas la dévorer des yeux, tandis qu'elle se dirigeait vers le bar. Il n'était pas venu dans cet endroit pour boire un café, mais parce qu'il voulait la voir, elle.

Reprends-toi, songea-t-il. Il était tout de même capable de ne pas se laisser tourner la tête par une paire de jambes. Non, il était simplement venu parce qu'il voulait lui poser quelques questions, comprendre un peu mieux la femme qui lui louait son appartement. Et poser des questions, c'était son métier, il savait y faire. Tout comme il était imbattable pour disséquer la stratégie d'un match et repérer les actions, bonnes ou mauvaises, qui menaient au résultat final. Défaite ou victoire.

— Nous avons eu beaucoup de monde ce soir, déclara Zoe en posant deux tasses sur la table.

Elle s'assit en face de Coop en poussant un soupir de soulagement.

— C'est la première fois que je me pose en quatre heures !

— Je croyais que vous travailliez chez un fleuriste ?

— Oh oui, trois jours par semaine, répondit-elle en se déchaussant légèrement. Parfois plus, lorsque c'est la fête des Mères, Noël ou Pâques. C'est une petite boutique, vous savez. Et Fred — le propriétaire — n'emploie que deux personnes à temps partiel. Pour lui, c'est plus intéressant.

— Ah oui ?

— Comme ça, il a moins de frais, les mutuelles, tout ça…

— Quelle arnaque !

— Il ne faut pas exagérer. C'est un bon boulot. J'aime le faire. Et puis, Fred et Martha — sa femme — m'ont énormément appris sur les fleurs.

Quelqu'un glissa une pièce dans le juke-box et les notes de la mélodie emplirent la salle. Coop se pencha au-dessus de la table pour se faire entendre. L'espace d'un instant, en contemplant les beaux yeux bruns de Zoe, il crut perdre le fil de la conversation.

— Dites-moi… je ne vous aurais pas déjà rencontrée quelque part ?

— Euh… comment ça ?

— Une impression… peu importe. Qu'est-ce que vous faites ici, Zoe ?

— Comment ça, ici ?

— Pourquoi ce travail ?

Elle baissa les yeux et ses longs cils vinrent caresser le haut de ses pommettes.

— Parce que je suis payée pour le faire.

— Ça ne vous ressemble pas de travailler dans un bar.

— Je vous demande pardon ?

Zoe hésitait. Devait-elle s'offusquer de la remarque de Coop ou s'en amuser, au contraire ? Elle choisit la deuxième solution.

— Pourquoi, vous avez une dent contre les serveuses ?

— Non, ce n'est pas cela, seulement, vous êtes une mère de famille.

— Sans blague !

Elle éclata de rire et posa le menton entre ses mains.

— Vous pensez qu'il serait plus conve-
nable que je reste à la maison pour faire des
gâteaux et tricoter des écharpes.

Coop se sentit un peu contrit. Ce n'était
pas ce qu'il avait voulu dire, mais il devait
reconnaître que cette vision correspondait
davantage à la sienne.

— Non, ce n'est pas ça. Simplement, c'est
cette tenue et la façon dont tous les hommes
ici vous regardent.

— J'en suis consciente. Lorsqu'une femme
s'habille ainsi, les hommes la regardent.
Mais c'est tout ce qu'ils font : regarder. Si
ça peut vous réconforter, je ne porte pas ce
genre de tenue pour l'assemblée générale
des propriétaires du quartier !

Coop se sentait de plus en plus ridicule à
chaque instant.

— Ecoutez, Zoe, je sais que ça ne me
regarde pas. J'ai juste l'habitude de poser
des questions… et il me semblait que vous
pouviez prétendre à mieux… Je veux dire,

vous avez cet emploi chez le fleuriste et puis
— le loyer, aussi…

— Et j'ai aussi le remboursement de
ma maison, un fils qui grandit très vite
et qui a besoin de nouveaux vêtements et
de nouvelles chaussures, les traites de ma
voiture, les courses, le médecin…

— Le médecin ? Votre fils est malade ?

— Non, enfin, rien de grave. A l'âge de
Keenan, les enfants ramènent souvent des
microbes de l'école. Je l'emmène régulière-
ment chez le pédiatre, chez le dentiste. Ce
n'est pas donné.

— Et vous ne pourriez pas bénéficier
d'aides particulières ?

Zoe le fusilla du regard.

— Je suis tout à fait capable de gagner
ma vie et de m'occuper seule de mon enfant.

— Ce n'est pas du tout ce que je voulais
dire…

— Je n'ai peut-être pas de diplôme
universitaire, mais je m'en sors plutôt bien
et mon fils ne manque de rien.

Elle se leva.

— Nous nous débrouillons très bien et je n'ai pas besoin qu'un reporter trop curieux vienne m'expliquer comment doit se comporter une mère de famille. Le café est offert par la maison, espèce de crétin !

Elle quitta prestement la table, laissant Coop abasourdi par la violence de la charge. *Eh bien, tu t'en es sorti comme un chef, Coop*, songea-t-il. Avec ça, il risquait fort de trouver un mot accroché à sa porte l'invitant à déguerpir.

Chapitre 4

Zoe ne résilia pas le bail. Elle y avait pensé en rentrant chez elle. Les propos de Coop l'avaient profondément irritée. Mais elle s'était avisée que la satisfaction qu'elle retirerait de cette exclusion spectaculaire serait bien mince à côté du bénéfice d'avoir un locataire. Elle avait besoin du loyer que lui verserait Coop tous les mois. Et puis, malheureusement, elle avait déjà entendu ce genre de discours.

C'était même l'une des raisons pour lesquelles elle avait décidé de quitter New York. Lasse d'entendre sa famille et quelques amis lui expliquer comment elle devait mener sa vie ou élever son fils, elle avait élu domicile à Baltimore.

Ils avaient été trop nombreux à lui dire qu'elle était folle, trop jeune, qu'elle était en train de bousiller sa vie et ses chances de réussite.

Tendue, Zoe fit démarrer sa tondeuse à gazon et commença à arpenter le jardin. *Son* jardin.

Ils s'étaient tous trompés. Elle avait mis au monde son bébé, l'avait gardé et lui préparait un avenir digne de ce nom. Keenan et elle formaient une famille à eux deux et ils n'avaient pas besoin qu'on les prenne en pitié ou qu'on leur fasse la charité.

Elle s'occupait de tout, améliorait leur quotidien pas à pas. Et elle avait des projets solides.

Une petite tape sur son épaule la fit sursauter.

C'était Coop.

— Qu'est-ce qu'il y a ?

— Je voulais vous présenter mes excuses, cria-t-il pour couvrir le bruit.

Comme elle le toisait en silence, il tendit le bras et coupa le moteur.

— Je vous demande pardon, répéta-t-il. Je n'aurais pas dû vous dire tout ça, hier soir.

— Vraiment ?

— J'ai l'art de me mêler de ce qui ne me regarde pas, on dirait.

— En effet.

Zoe voulut tirer de nouveau sur le fil de la tondeuse et passer son chemin, mais Coop posa la main sur la sienne pour arrêter son mouvement.

Il avait de grandes mains, avec une paume large et énergique. Et pourtant leur contact était très doux. Difficile de résister à cette vague de chaleur qui montait en elle.

Cela faisait longtemps qu'elle n'avait pas senti une main d'homme sur elle. Cela faisait longtemps qu'elle n'en avait pas eu envie.

— Parfois, je m'égare, avec mes questions, poursuivit Coop.

Il regardait leurs mains posées l'une sur l'autre. Celle de Zoe était si petite sous la sienne, et si douce… Il essaya de sourire.

— Il est arrivé une ou deux fois que mes questions me vaillent même un poing dans la figure.

— Ça ne m'étonne pas !

Elle ne lui avait pas rendu son sourire, mais son expression s'était adoucie.

C'était le bruit de la tondeuse qui avait réveillé Coop, quelques minutes auparavant. En passant la tête par la fenêtre, et en voyant Zoe progresser sur l'herbe, revêtue d'un baggy, d'un T-shirt et d'un chapeau de paille, il s'était dit qu'il ferait mieux de se recoucher, mais n'avait pas pu résister à la tentation de descendre pour lui parler.

Histoire de faire la paix. Après tout, ils devaient apprendre à vivre ensemble tous les deux.

Enfin, façon de parler.

— Je ne voulais pas vous adresser de

critiques. J'étais curieux à votre sujet et à celui de votre fils.

Il marqua une pause et ajouta :

— Et puis, peut-être que vous voir dans cette tenue hier soir a… disons, un peu égaré mes esprits, aussi.

Elle haussa les sourcils. Coop était direct, mais sa sincérité parlait en sa faveur.

— D'accord, ce n'est pas si grave.

Coop ne pensait pas qu'elle l'excuserait si vite. Il décida de pousser sa chance.

— Ecoutez, je dois couvrir un match cet après-midi. Ça vous dirait de m'accompagner ? Il fait un temps idéal pour le base-ball.

Zoe n'en doutait pas. C'était une matinée ensoleillée et douce, avec une légère brise. Sans compter qu'il y avait certainement pire que de passer l'après-midi avec un bel homme qui faisait de son mieux pour se faire pardonner sa maladresse.

— J'aurais bien aimé, répondit-elle, mais je travaille tout à l'heure. En revanche, Keenan serait ravi d'y aller.

Il eut l'air stupéfait, et elle se retint de rire.

— Keenan ? Vous voulez que je l'emmène avec moi ?

— Je pense que rien ne pourrait lui faire plus plaisir. Il adore le base-ball. Nous avons des petits voisins qui y jouent de temps en temps et qui le laissent courir après la balle. Mais il n'a jamais vu de vrai match. Seulement à la télévision.

Zoe sourit. Coop semblait réfléchir à toute allure, l'air un peu paniqué.

— Vous savez, je ne connais pas grand-chose aux enfants, moi…

— Mais vous êtes un spécialiste du base-ball. Ce serait formidable pour Keenan d'assister à un match, avec un expert à ses côtés. Vous partez dans combien de temps ?

— Euh… dans deux heures.

— Très bien, il sera prêt d'ici là. C'est vraiment adorable de votre part !

Comme il restait immobile, visiblement sonné, elle l'embrassa sur la joue. Puis elle mit de nouveau en route le moteur de sa tondeuse, comme si de rien n'était.

Coop n'en revenait pas. Comment allait-il se débrouiller avec un gamin à ses côtés tout l'après-midi ?

Sur place, il acheta du pop-corn, des hot-dogs et un gigantesque gobelet de jus de fruits. Coop s'était dit que c'était encore le meilleur moyen d'occuper l'enfant. Depuis leur arrivée au stade, Keenan ne cessait de s'émerveiller de tout ce qu'il voyait. Coop ne comptait même plus les « pourquoi » et les « comment ça se fait » qu'il avait entendus. Un peu nerveux à l'idée de la responsabilité qu'il avait endossée, bien malgré lui, il s'installa dans le carré réservé à la presse et posa son ordinateur portable.

— Regarde, Keenan, tu peux suivre le match derrière cette vitre, là. Et attention à ne déranger personne. Tous les gens qui sont ici travaillent, tu comprends ?

— D'accord !

Fou de joie, Keenan mordit dans son hot-dog à belles dents. Il y avait plein de monde dans cet endroit réservé aux journalistes. Beaucoup avaient de beaux ordinateurs, comme celui de Coop. Certains parlaient au téléphone. Quelques-uns lui avaient souri et tous avaient dit bonjour à Coop. Keenan savait que Coop était quelqu'un d'important. Comme sa mère le lui avait demandé, il restait près de lui et ne réclamait aucun cadeau. Pourtant, il avait aperçu de très jolies choses sur les stands, derrière les gradins. Sa mère lui avait donné cinq dollars en lui disant qu'il pouvait s'acheter un souvenir. Mais il y avait vraiment trop de trucs super et il ne savait pas quoi choisir. Et puis Coop avait marché si vite qu'il n'avait pas eu assez de temps pour regarder.

Mais ça n'était pas grave, parce qu'il allait voir un vrai match ! Les yeux grands ouverts, il contempla le terrain. C'était immense, beaucoup plus qu'il ne l'avait imaginé. Il avait reconnu l'endroit où le lanceur se tiendrait, mais c'était à peu près tout ce qu'il connaissait. Le stade était plein de monde, jamais il n'avait vu une foule pareille. Soudain, le grand tableau d'affichage s'illumina, avec des images et des lettres qu'il ne savait pas lire, et les joueurs entrèrent dans le stade. Une salve d'applaudissements explosa dans les gradins, puis le silence se fit.

L'hymne national retentit et, en reconnaissant les premières notes, Keenan se leva comme on le lui avait appris.

Coop jeta un œil à l'enfant qui se tenait debout, son hot-dog à la main et un sourire ravi accroché au visage. Il se souvint alors de la première fois qu'il était entré dans un stade, de sa main dans celle de son père, de ses yeux avides, de son cœur empli de joie, de ce premier match, de la joie d'être un petit garçon, tout simplement.

Quand les joueurs prirent leurs marques sur le terrain, Coop passa la main dans les cheveux de Keenan.

— C'est cool, hein ?

— C'est génial ! Ceux-là, c'est notre équipe, hein ?

— Oui, c'est notre équipe et nos joueurs vont botter les fesses du camp adverse, crois-moi.

Keenan gloussa et écrasa son visage sur la vitre pour mieux voir le premier lancer.

— Ils vont leur botter les fesses, répéta-t-il, radieux.

Contrairement à ce que Coop avait craint, Keenan fut très sage. Et les questions qu'il lui posait ne l'ennuyaient pas du tout. Au moins, le gamin était curieux et avait envie d'apprendre.

Durant la mi-temps, il grimpa sur ses épaules et essaya de déchiffrer les mots que Coop écrivait sur son ordinateur. Keenan tacha également sa manche avec la moutarde de son hot-dog, mais ce n'était pas un drame. Il ne l'avait pas fait exprès et cela faisait partie des aléas du match.

Et puis le petit garçon se tenait parfaitement. Son enthousiasme ne se transformait pas en fébrilité désagréable et bruyante. Il savait être joyeux sans se laisser aller à des débordements en tout genre. La plupart des enfants auraient réclamé à grands cris des bonbons ou des jouets, mais celui-ci était vraiment venu pour le jeu. C'était certainement le fruit d'une bonne nature et de l'excellente éducation que sa mère avait su lui donner.

— Est-ce qu'on est toujours en train de gagner ? demanda-t-il sans quitter le terrain des yeux.

— Oui !

Coop répondait avec plaisir aux demandes de Keenan, qui s'efforçait de comprendre les subtilités du jeu. Il lui expliqua de bon cœur la stratégie déployée par l'équipe pour vaincre la défense adverse. Et, en dépit de son jeune âge, l'enfant semblait tout à fait capable d'identifier les mouvements de ses joueurs préférés.

A un moment, Coop remarqua que Keenan

se tortillait sur place, la main serrée sur son pantalon.

— Tout va bien, Keenan ?

— Euh, oui, oui…

— Attends, viens avec moi, je vais te montrer les toilettes.

Il le prit par la main, attendri à l'idée que le gamin refuse de perdre une seule minute de jeu. Pourvu que ce ne soit pas trop tard, songea Coop.

Lorsqu'ils franchirent de nouveau la porte du carré presse, le speaker annonça que leur équipe venait de marquer un nouveau point.

— C'est comme tu avais dit ! s'exclama Keenan. Tu es le plus intelligent !

Coop sentit un sourire s'épanouir sur son visage.

— Merci, petit. Disons plutôt que je suis un grand habitué du base-ball.

De retour à la maison, Keenan portait un nouveau T-shirt à l'effigie des *Orioles* et tenait dans son gant de base-ball une balle spécialement dédicacée à son intention.

En apercevant sa mère, il courut vers elle en poussant des cris de joie.

— Maman ! Maman ! Regarde ce que Coop m'a offert ! Nous sommes allés dans les vestiaires après le match, avec les vrais joueurs. Les *Orioles* ! Mais les vrais, hein ? Et ils ont écrit leur nom sur la balle juste pour moi. Pour que je la garde !

Zoe sourit.

— Montre-moi ça, mon poussin. Oh ! quelle chance tu as ! C'est vraiment un trésor, une balle dédicacée. Il y a très peu de petits garçons de ton âge qui possèdent un trophée pareil !

— Oh oui ! Et je la garderai toute ma vie. Et j'ai eu un T-shirt aussi ! Le même que les joueurs ! Et un gant à ma taille. Regarde, il me va !

Le bonheur de son fils émut Zoe.

— C'est merveilleux, Keenan. On dirait

que tu es fin prêt pour commencer à jouer, toi aussi.

— Est-ce que je peux aller montrer tout ça à M. Finkleman ? Il va adorer !

— Bien sûr, vas-y !

— Oh ! il n'en reviendra pas.

Keenan se jeta dans les bras de Coop.

— Merci, merci de m'avoir emmené. C'était génial, tellement génial ! Est-ce qu'on pourra y retourner une autre fois, avec maman ?

— Euh, oui, je pense que ce sera possible, répondit Coop en passa la main dans les cheveux de Keeanan.

Il se sentait étrangement heureux et maladroit tout à la fois.

— Cool !

L'enfant s'élança dans le jardin pour aller montrer ses trésors à son vieil ami.

Zoe et Coop se retrouvèrent seuls.

— Merci infiniment. Keenan vient de passer une journée extraordinaire. Mais vous n'étiez pas obligé de lui acheter tout ça. C'était déjà adorable de l'emmener.

— Oh ! ce n'est pas grand-chose. Et puis il n'a rien demandé, répondit Coop en enfonçant les mains dans ses poches. Je crois qu'il était heureux de rencontrer les joueurs, qui ont tous voulu dédicacer sa balle.

— Et notre équipe a gagné, d'après ce que j'ai compris.

— Oui. J'ai dû envoyer mon papier au journal juste après le jeu, ce qui explique que nous sommes rentrés un peu tard.

— Oh ! ne vous inquiétez pas pour ça. Je viens tout juste de rentrer moi-même.

Dans un élan de reconnaissance, Zoe s'approcha de Coop et le serra un bref instant dans ses bras.

— Merci, vraiment. Vous avez offert une journée de rêve à mon fils. Une journée qu'il n'oubliera jamais. Et moi non plus.

— Ce n'est rien il est juste resté avec moi dans le carré réservé à la presse.

— Au contraire, c'est beaucoup ! D'autant

que je vous ai un peu forcé la main, tout à l'heure…

Elle éclata de rire.

— Vous étiez assez transparent ce matin, si je puis me permettre. L'idée de traîner un enfant de quatre ans au match vous terrorisait. Mais vous vous en êtes magnifiquement sorti. D'ailleurs…

La sonnerie du téléphone interrompit Zoe. Tout en s'excusant, elle alla décrocher.

— Allô ! Oh ! bonjour Stan. Ce soir ? Non, normalement je ne dois pas travailler.

Tout en contenant un soupir, elle s'assit sur l'accoudoir d'un fauteuil.

— Il faut que je voie si c'est possible. Non, Stan, je ne peux pas te donner ma réponse tout de suite. Je dois d'abord trouver une baby-sitter. Dans une heure. Oui, je comprends bien que c'est urgent pour toi. Je te rappelle, d'accord ?

— Un problème ? s'enquit Coop.

— Oui, on dirait. Deux serveuses sont

malades, ils vont manquer de personnel, ce soir. Stan voudrait que je vienne.

Zoe composa aussitôt un numéro de téléphone.

— Bonjour, madame Finkleman. Oui, oui… je sais, il a passé une journée de rêve. Oui… oui…

Zoe regarda discrètement Coop, tandis que sa voisine lui expliquait à quel point il était important pour un petit garçon d'avoir une présence masculine dans sa vie.

— Je suis sûre que vous avez raison… Dites-moi, je me demandais si vous étiez libre ce soir ? Oh ! c'est vrai… pardon, j'avais oublié. Non, ce n'est pas grave. Passez une bonne soirée.

Zoe raccrocha en soupirant.

— Ils jouent au poker avec des amis, ce soir. Voyons, Beth a un rendez-vous avec son petit ami. Peut-être Alice. Ah, non… elle m'a dit qu'elle recevait sa belle-famille ce soir. Comment je vais faire… ?

Elle regarda Coop, songeuse.

— Dites, ça ne vous a pas posé problème cet après-midi de garder le petit ?

— Non, répondit Coop lentement, conscient qu'un second piège était sur le point de se refermer sur lui. Il a été adorable…

— Alors voilà. Stan n'a pas besoin de moi avant 21 heures. Keenan va se coucher à 20 heures. Vous n'auriez rien à faire à part être ici, regarder la télévision ou ce que vous voulez.

— Vous voulez dire rester ici pendant que vous êtes au bar ?

Coop eut un mouvement de recul.

— Garder le petit… comme une baby-sitter ? Ecoutez…

— Je vous paierai.

— Ce n'est pas le problème, Zoe… Je ne veux pas de votre argent.

— C'est vraiment gentil.

Elle lui serra la main en souriant.

— Vous pouvez venir vers 20 h 30 ?

— Je n'ai jamais dit que…

— Vous pourrez vous servir de ce que

vous voulez dans la cuisine. Si j'ai le temps, je vous ferai un brownie. Maintenant, je ferais mieux de rappeler Stan ; il doit se faire un sang d'encre. C'est le deuxième service que vous me rendez aujourd'hui… j'en suis consciente. Merci du fond du cœur !

— O.K., je viendrai tout à l'heure, répondit Coop.

Puis il sortit à toute vitesse, de crainte qu'elle ne trouve un troisième service à lui demander, et qu'une fois de plus il ne parvienne pas à le lui refuser.

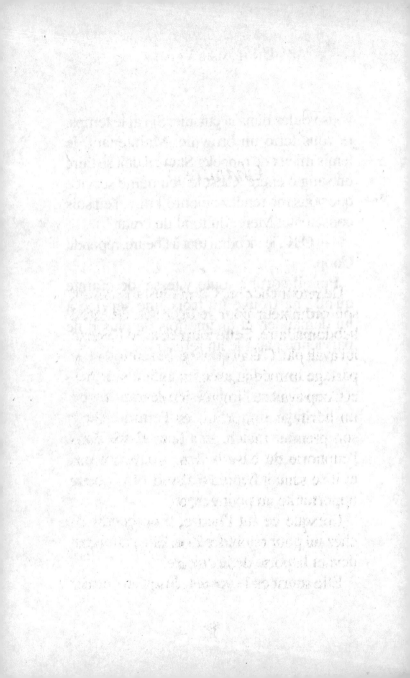

Chapitre 5

De retour chez lui, Coop s'installa devant son ordinateur pour rédiger son éditorial hebdomadaire. Cette journée avec Keenan lui avait plu. C'était étrange, ce sentiment de partage immédiat avec un enfant si jeune, et Coop avait eu l'impression de transmettre un héritage important en l'emmenant à son premier match. Les liens tissés dans l'euphorie du base-ball ne s'oublient pas et il se sentait heureux d'avoir offert cette opportunité au petit garçon.

Lorsque ce fut l'heure, il descendit de chez lui pour rejoindre Zoe. Elle l'attendait devant la porte de la cuisine.

Elle sourit en le voyant. Jusqu'au dernier

moment, elle s'était demandé s'il viendrait. Il fallait bien reconnaître qu'elle lui avait forcé la main et, si elle s'en était amusée au début, elle s'était sentie un peu coupable ensuite.

Mais il était là, juste à l'heure !

— Je suis désolée de vous faire ce coup-là, dit-elle en grimaçant. J'espère que vous ne vous êtes pas senti piégé.

Elle avait l'air si contrit qu'il ne put s'empêcher de sourire.

— Bien sûr que si ! Vous avez un certain talent pour tendre des pièges !

Elle haussa les épaules.

— Parfois, se montrer insistant est la seule façon de s'en sortir, reconnut-elle. Mais je me sens toujours gênée après. Je vous ai préparé un brownie.

— C'est bien ce qu'il me semblait. De là-haut, je pouvais sentir l'odeur du chocolat. C'est ce qui m'a aidé à descendre de mon antre.

Il ponctua sa remarque d'un clin d'œil.

Zoe était revêtue de sa tenue de serveuse,

mais Coop ne la trouva pas aussi indécente que la première fois. Seulement, le nœud qu'elle portait autour du cou le rendait fou. Etrange comme un simple ruban de satin sur un cou gracile suffisait à stimuler outrageusement sa libido.

— Je me sens coupable chaque fois que je demande un service à quelqu'un, reprit-elle. Et, franchement, c'était déjà tellement gentil d'emmener Keenan à ce match, alors que...

— Alors que c'était vous que je voulais emmener ?

Elle haussa les épaules encore une fois, embarrassée. Il la regardait de nouveau de cette façon qui la troublait délicieusement. Il était sans doute préférable de définir rapidement les règles du jeu.

— Vous savez, je ne sors pas avec les hommes, je n'accepte pas les invitations... J'aurais dû vous le dire tout de suite.

— Jamais ?

— Non, c'est mieux ainsi. Les hommes se moquent pas mal de Keenan et font semblant de s'intéresser à lui pour mieux me convaincre de les suivre au lit.

Coop dut s'éclaircir la gorge et Zoe éclata de rire.

— Ce qu'ils n'ont pas compris, c'est que je vois très bien leur petit jeu. Vous voyez, Keenan et moi, on forme une équipe. En tant que reporter sportif, vous imaginez bien ce que ça peut vouloir dire.

— Bien sûr, c'est très clair.

— Bref... vous lui avez fait passer une journée mémorable et j'ai l'impression d'abuser de votre gentillesse pour ce soir.

Elle était sincère, songea Coop. Cela se lisait sur son visage, s'entendait au ton de sa voix dénuée d'artifice. Quant à lui, il n'était pas loin de ressentir une pointe de culpabilité. Car l'idée de coucher cette jeune femme dans son propre lit lui avait traversé la tête plus d'une fois.

— Ce n'est pas grand-chose, franchement. Il est endormi, c'est ça ?

— Oui, il s'est littéralement effondré, avec toute l'excitation de la journée…

— Très bien, dans ce cas, je mangerai votre brownie en regardant la télévision. O.K. ?

Le visage de Zoe s'illumina d'un sourire radieux.

— O.K. J'ai laissé le numéro de téléphone du bar sur la table basse, juste au cas où. Les Finkleman rentrent chez eux vers 23 heures. Ils pourront vous relayer, si vous voulez.

— Non, ça devrait aller, merci.

— C'est moi qui vous remercie, vraiment. Je termine mon service à 2 heures, à la fermeture, en fait.

— Ça vous fait une longue journée…

— Heureusement, demain, c'est mon jour de congé.

Elle attrapa son sac à main, balaya la pièce du regard comme pour vérifier une dernière fois que tout irait bien.

— Faites comme chez vous, promis ?

— Ne vous inquiétez pas, à tout à l'heure.

Il la regarda franchir le seuil de la porte, juchée sur ses talons vertigineux. Cette femme avait le visage d'une sirène, le corps d'une déesse et des jambes susceptibles de faire tourner la tête de tout homme normalement constitué ! Et pourtant elle avait clairement défini les règles. Pas question d'imaginer autre chose qu'une saine camaraderie.

Coop soupira et résolut de se servir une part du brownie qu'elle avait préparé pour lui.

L'orage éclata peu avant minuit. Coop avait pris Zoe au mot et s'était confortablement installé sur le canapé, les pieds posés sur la table basse. Il somnolait vaguement devant un vieux film de guerre, regrettant de ne pas avoir descendu une ou deux bières de chez lui. En ouvrant le réfrigérateur de Zoe, il n'avait trouvé que du lait, du jus de fruits et une bouteille de mixture verte non identifiée.

Il s'était un peu promené dans les pièces du rez-de-chaussée — c'était dans sa nature d'explorer les lieux où il se trouvait. Comme la première fois qu'il était entré dans cette maison, il s'était fait la réflexion que Zoe n'était pas vraiment maniaque. Mais le joyeux désordre qui régnait çà et là faisait de sa demeure un endroit confortable, douillet même. Coop ne savait pas si c'était voulu comme ça ou si ce charmant fouillis était lié au fait que Zoe avait un enfant à élever et deux jobs à mener de front.

Dans sa bibliothèque, il trouva principalement des livres sur les fleurs, les réparations de voiture, les impôts et d'autres ouvrages pratiques.

Il ne pouvait s'empêcher de penser que c'était du gâchis pour une femme aussi belle et intelligente de s'enfermer dans ses bouquins et dans deux boulots qui ne la mèneraient nulle part.

Mais après tout ce n'était pas son problème.

Le roulement du tonnerre s'harmonisait parfaitement avec la scène d'artillerie sur l'écran du téléviseur. Ce baby-sitting n'était pas si terrible, finalement.

Ce fut à ce moment-là qu'il entendit des pleurs.

Les marines ne pleuraient pas comme ça, pensa-t-il confusément, et certainement pas en plein combat contre les nazis. Il bâilla, redressa la tête et aperçut Keenan.

Le petit garçon se tenait en bas de l'escalier. Il portait un pyjama Batman et tenait un gros chien en peluche dans ses bras. Des larmes coulaient abondamment sur ses joues.

— Maman ! s'écria-t-il d'une voix aiguë, pleine de terreur. Où est ma maman ?

— Elle est à son travail, répondit Coop en se levant d'un bond. Quelque chose ne va pas, bonhomme ?

Un éclair illumina la pièce, tandis que le tonnerre grondait de plus belle. L'enfant poussa un cri strident et se précipita dans les bras de Coop.

— J'ai peur ! Il y a des monstres dehors ! Ils vont venir me prendre.

— Oh… pas de panique, c'est juste un coup de tonnerre. Il y a un orage.

— Non, ce sont des monstres ! sanglota Keenan. Je veux ma maman.

Le pauvre petit tremblait. Suivant un instinct qu'il ne se connaissait pas, Coop l'assit sur ses genoux et le prit dans ses bras.

— On dirait que tu n'aimes pas trop les orages, hein ?

Keenan acquiesça tout en pleurant.

— Il ne faut pas en avoir peur. Dis-toi que ce sont des feux d'artifice. Tu sais, comme le jour de la fête nationale ou après un match victorieux. Peut-être qu'ils ont fait un superjeu dans le ciel. Ils font la fête maintenant.

— Des monstres, répéta l'enfant.

Mais il s'était suffisamment calmé pour relever la tête et regarder Coop.

— Des gros monstres noirs avec des dents très pointues.

Un nouveau coup de tonnerre retentit.

— Oh ! tu vois, ils veulent me manger.

Coop toucha les petits biceps de l'enfant et prit l'air expert.

— Nan, tu es trop fort pour eux.

— Ah bon ?

— Et comment ! Si un monstre te voyait, je peux te garantir qu'il filerait en courant. Ils n'oseraient jamais s'attaquer à Coop et au Keen-man !

Keenan renifla bruyamment et passa la main sur ses yeux inondés de larmes.

— Tu crois vraiment ?

— Absolument. Allez, rentrez chez vous, les monstres !

— Je peux quand même rester avec toi ?

— Bien sûr, bonhomme. Essaie de te rendormir.

L'enfant se blottit contre lui et soupira de bien-être. Quelques instants plus tard, il s'était endormi.

Zoe était morte de fatigue lorsqu'elle rentra chez elle. Il n'était pas loin de 3 heures du matin et cela faisait quasiment vingt-quatre heures qu'elle était à pied d'œuvre. Elle ne rêvait que d'une chose : s'effondrer sur son lit pour dormir.

Elle les aperçut sur le canapé, dans la lumière grisée de l'écran. Ils étaient enlacés sur le canapé, son fils blotti dans les bras de Coop. Sa gorge se serra en les voyant, homme et enfant, profondément endormis. La main bronzée de Coop reposait sur les cheveux dorés de Keenan.

Elle posa son sac et ses clés sans les quitter du regard.

Comme son fils avait l'air petit, et en même temps si bien protégé !

Sans faire de bruit, elle ôta ses chaussures et avança vers eux sur la pointe des pieds. D'un geste naturel, elle passa la main sur les cheveux de Coop, puis souleva doucement son enfant lourd de sommeil.

Keenan s'étira et se lova contre elle.

— Maman…

— Oui, mon bébé, murmura-t-elle en l'embrassant.

L'odeur familière de son fils s'était mélangée à celle de Coop.

— Il y a des monstres qui sont venus, mais nous leur avons fait peur…

— Ça ne m'étonne pas, mon trésor.

— Coop a dit que le tonnerre, c'était juste un feu d'artifice. Et moi, j'aime les feux d'artifice.

— Je sais.

Elle le porta jusqu'à son lit, le borda tendrement et l'embrassa.

— Rendors-toi maintenant, mon chéri.

Mais Keenan avait déjà refermé les yeux. Elle le regarda un instant, puis retourna dans le salon.

Assis à présent, Coop se frottait les yeux. Zoe éteignit la télévision et prit place sur le bord du canapé.

— L'orage l'a réveillé ? demanda-t-elle à voix basse.

— Oui.

Sa voix était rauque. Il l'éclaircit.

— Il a eu peur.

— Il m'a dit que vous aviez chassé les monstres tous les deux.

— C'était ce qu'il y avait de mieux à faire.

Coop la regarda attentivement. Ses beaux yeux bruns étaient marqués par la fatigue, mais elle lui souriait avec douceur. Aussitôt, il se sentit tout à fait réveillé.

— Il va bien maintenant ?

— Très bien. Vous feriez un très bon père, vous savez.

Coop se leva aussitôt.

— Oh ! ça c'est vous qui le dites, mais ce n'était rien.

— Pour moi, c'était beaucoup.

Zoe avait remarqué qu'elle l'avait embarrassé, mais elle ne comprenait pas pourquoi.

— Si vous voulez, reprit-elle, je vous préparerai un bon petit déjeuner, demain.

— Eh bien…

— Je vais vous préparer des pancakes pour vous remercier. Mme Finkleman m'a dit que vous achetiez beaucoup de pizzas et de nourriture chinoise. J'en déduis que vous ne devez pas cuisiner. Vous aimez les pancakes ?

— Qui n'aime pas ça ?

— Dans ce cas, faites-moi signe quand vous serez réveillé. Je vous en apporterai.

Comme elle l'avait fait au moment de le réveiller, elle lui passa la main dans les cheveux pour remettre en place une mèche qui cachait son regard.

— Merci de m'avoir aidée, murmura-t-elle.

Il fit un pas en arrière, prêt à partir, puis marmonna une parole incompréhensible et se retourna.

— Il y a encore une chose que je veux faire, d'accord ?

Sans lui laisser le temps de répondre, il prit son visage entre ses mains et s'empara de ses lèvres.

C'était un baiser rapide, délicat, mais il fit naître des étincelles dans le cœur de Zoe.

Comme elle demeurait immobile, Coop

releva la tête pour la regarder. Elle aussi le regardait, avec des yeux brillants, plus sombres que d'ordinaire. Elle ouvrit la bouche, comme si elle voulait parler, mais il secoua la tête et l'embrassa de nouveau. Cette fois-ci, ce fut un baiser plus long, plus profond, qui arracha un gémissement à Zoe.

Elle se laissa chavirer contre lui, l'enlaça à son tour et caressa doucement ses cheveux. Ils étaient là, prisonniers volontaires l'un de l'autre, incapables de se détacher.

L'un d'eux trembla. Coop n'aurait su dire lequel. Cela n'avait pas d'importance. Seule comptait la saveur tiède et unique de ce baiser qui coulait dans sa bouche et dans son sang. C'était comme un rêve dont il ne voulait pas se réveiller, un de ceux qui font perdre jusqu'à la notion de la réalité.

La réalité, Zoe l'avait oubliée, elle aussi. Tout ce qu'elle savait, en cet instant magique, c'est qu'elle se trouvait dans des bras forts et volontaires et que ses désirs, si longtemps assoupis, reprenaient vie d'un seul coup, avec une intensité qui la laissait chancelante.

Caresse-moi. Elle se demanda si elle venait de prononcer ces mots à voix haute ou si elle les avait simplement pensés. Mais la main de Coop, sûre et ferme, descendit le long de son dos, allumant des feux délicieux sur chaque parcelle de peau qu'il touchait, à travers le tissu de son bustier.

— Coop…

Elle avait envie de lui, terriblement envie de le laisser continuer et de s'abandonner aux délices de cette étreinte. Mais elle n'était plus une jeune fille inconséquente comme autrefois. Elle se souvenait des brûlures de l'amour physique et du sentiment de solitude qu'elles laissaient après s'être éteintes.

— Coop… non.

Coop s'immobilisa, resta quelques instants contre sa bouche et releva la tête péniblement.

— C'est le moment où je dois te dire que je suis désolé ? demanda-t-il d'une voix rauque.

Elle secoua la tête.

— Non, ne sois pas désolé, je ne le suis pas, moi.

— Tant mieux. Car je ne le suis pas non plus. Je rêve de t'embrasser depuis ce jour où j'ai vu tes pieds.

— Pardon ?

— Tes pieds. Tu étais juchée sur une échelle en train de peindre. Tu ne portais pas de chaussures. Tes pieds sont incroyablement sexy.

— Ah bon ?

Elle s'esclaffa, nerveuse. Cet homme était incroyable. Comment parvenait-il à la faire rire juste après l'avoir troublée à lui en faire perdre la raison ?

— Merci !

— Je ferais mieux d'y aller, maintenant.

— Oui, il vaut mieux.

Cette fois-ci, au moment de partir, il se retourna pour lui dire :

— Autant que tu le saches, je n'ai pas l'intention de manigancer quoi que ce soit pour faire l'amour avec toi, mais c'est tout de même ce que je désire. Il me semblait préférable de te le dire.

— Merci de m'avoir prévenue…, répondit-elle d'une voix tremblante.

Lorsque la porte se fut refermée derrière lui, Zoe se laissa tomber sur le canapé.

Que devait-elle faire, à présent ?

Chapitre 6

Lorsque Coop parvint à s'arracher du lit, le lendemain matin, il était presque midi. Hagard, il se dirigea jusqu'à la salle de bains. Il fallut que l'eau coule longtemps sur son visage pour qu'il puisse enfin ouvrir les yeux. Il s'essuya rapidement, songea un bref instant à se raser, puis renonça à cette idée.

Il s'habilla avec un short de sport et un T-shirt et actionna la cafetière. Pendant que le café passait, il ouvrit la porte de chez lui et laissa la lumière généreuse du soleil achever de le réveiller.

Zoe et Keenan étaient dans le jardin. Ils riaient tous les deux. La mère essayait d'aider son fils à lancer des balles en mousse avec une batte en plastique. A ce que Coop pouvait voir, ce n'était pas un franc succès, mais le gamin avait l'air de beaucoup s'amuser. Il voulut rentrer avant que l'un d'eux ne l'aperçoive, mais ne put s'empêcher d'intervenir.

— Il ne réussira jamais à taper dans la balle de cette façon ! s'écria-t-il.

Aussitôt, deux paires d'yeux noisette se tournèrent dans sa direction.

— Bonjour, Coop ! Ohé ! Regarde, je joue au base-ball !

Tout excité par l'apparition d'un spectateur, Keenan se mit à faire tourner sa batte autour de lui et manqua frapper sa mère au menton.

— Hé, attention, champion ! dit-elle en riant. Bonjour, Coop. Tenté par un petit déjeuner ?

— Ah, ce n'est pas une mauvaise idée, ça.

Keenan essaya une nouvelle fois de renvoyer la balle et la maladresse de son mouvement fit grimacer Coop. Son swing ressemblait à celui d'une fille. Il fallait que quelqu'un montre à ce gosse comment on tient une batte. Il descendit prestement l'escalier.

— Tu secoues beaucoup trop ta batte, bonhomme.

Zoe fronça les sourcils.

— Pourtant, dans le livre que j'ai acheté, j'ai lu que…

— Un livre !

Il jura sans s'en rendre compte et Keenan l'imita aussitôt.

— Pardon, maman, murmura-t-il, tout penaud, comme elle le regardait avec sévérité.

— C'est ma faute, Zoe, désolé, ça m'a échappé. Mais franchement, les livres sont faits pour apprendre à lire et à compter, mais pas à jouer au base-ball !. Keenan, tu t'y prends comme une fille.

Coop se positionna derrière l'enfant pour l'aider à positionner ses mains sur la batte.

Zoe, qui avait été près de se ranger à l'avis de l'expert, tiqua sur la comparaison.

— Qu'est-ce que tu as dit ? Sousentendrais-tu que les filles ne font pas de bonnes sportives ?

— Non, ce n'est pas ce que j'ai dit... Là, tu sens le mouvement des épaules ? Il y a plein d'athlètes féminines extraordinaires... Regarde bien la balle, Keenan.

Coop referma une main sur celle du petit garçon, tout en lançant la balle de l'autre. La batte la frappa d'un coup sec.

— Oh ! j'ai réussi à l'envoyer ! s'exclama l'enfant. Je l'ai frappée vraiment fort !

— Un vrai swing de champion, concéda Coop en souriant.

Puis il releva la tête vers Zoe.

— Je croyais que vous deviez préparer des pancakes ?

— Oui... mais, j'espère que tu ne pensais pas ce que tu disais au sujet des filles, et...

— Oh ! allez, n'en fais pas tout un plat. Moi je ne sais pas comment on fait les pancakes et toi tu ne connais rien au base-ball. Pourquoi est-ce qu'on ne ferait pas ce qu'on sait faire ?

Zoe prit la direction de la cuisine en marmonnant avec humeur.

— Comme si c'était un truc incroyable de frapper une stupide balle avec une stupide batte !

— En tout cas, tu ne sais pas ! lança Coop qui l'avait entendue.

Elle s'arrêta net, piquée au vif.

— Bien sûr que je sais le faire !

— C'est ça… Allez, Keenan, on essaie encore une fois.

— Non, cette fois-ci c'est à mon tour, coupa Zoe qui vint prendre la batte des mains de son fils.

— Oh ! maman, tu vas essayer de frapper la balle ? C'est vrai ?

— Et comment que je vais la frapper, cette balle !

Zoe tendit la main pour que Coop lui donne la balle. Elle la lança, fit un swing et envoya la balle jusqu'à la haie qui bordait la maison. Keenan poussa un cri victorieux et s'élança pour aller la rechercher.

Coop la regardait, avec un air mi-appré-ciateur mi-moqueur.

— C'est pas mal, pour une fille. Mais quand on lance soi-même la balle, ce n'est pas très compliqué.

— Ohé ! Coop, je t'envoie la balle !

Keenan dut s'y reprendre à trois fois, se rapprochant chaque fois davantage pour essayer d'envoyer la balle pas trop loin de Coop.

— Si j'ai bien compris, tu ne penses pas que je serais capable de rattraper la balle si tu me l'envoyais.

— Tu veux essayer ?

— Et comment !

— Très bien, mais, dans ce cas, il faut que tu tournes un peu plus les épaules, comme ça… Non, Zoe, là tu tiens la batte comme si tu voulais enfoncer un clou avec un marteau. O.K., là c'est parfait !

Coop recula et envoya la balle. Ce n'était pas très violent, mais Zoe serra les dents pour se concentrer. Son honneur et l'image de la femme qu'elle voulait donner à son fils étaient en jeu. Lorsque la batte heurta la balle, elle fut la première surprise. Coop la rattrapa une seconde avant qu'elle ne heurte son nez.

— Et voilà !

Zoe rendit la batte à Coop sous le regard admiratif de son fils et se frotta les mains.

— Bien, je vais aller m'occuper des pancakes, à présent.

— Oh ! elle l'a frappée vraiment fort, dit Keenan, médusé.

— C'est vrai, répondit Coop en la regardant s'éloigner. Ta mère n'est pas n'importe qui, mon bonhomme.

— Est-ce que tu veux bien m'envoyer la balle, à moi aussi ? Dis, Coop, tu veux bien ?

— Bien sûr, tu es prêt ?

— Oui, prêt !

Tout en finissant de disposer les pancakes sur un plat, Zoe les regardait par la fenêtre. Son fils lançait la balle encore une fois.

Celle-ci n'allait pas très loin, mais Coop faisait semblant de plonger pour la rattraper.

— Ah, mais tu me donnes vraiment du fil à retordre, Keenan ! s'écria-t-il.

Le petit garçon se jeta dans ses bras. Touché par sa spontanéité, Coop s'amusa à le retourner la tête en bas, ce qui provoqua des rires en cascade.

Passer du temps avec Keenan devint bientôt une habitude pour Coop. Ce n'était jamais vraiment organisé, mais ils jouaient souvent dans le jardin et, parfois, il lui proposait de monter chez lui pour s'amuser avec le panier de basket-ball.

Ce n'était pas qu'il s'attachait à l'enfant, se disait-il souvent. Mais quand il avait du temps libre et que le petit voulait le voir, pourquoi se serait-il refusé le plaisir de passer un bon moment avec lui ? Il n'y avait aucun mal à cela. Et puis ce n'était pas désagréable de lire l'admiration dans ses grands yeux innocents. Le gosse le considérait manifestement comme un héros.

Et quand il venait lui rendre visite en compagnie de sa mère, c'était encore mieux !

Seulement, depuis l'épisode de l'orage et du baiser, Coop avait davantage croisé Keenan que Zoe. Cette dernière se montrait relativement amicale, mais prudente. Il avait du moins l'impression qu'elle faisait de son mieux pour ne jamais se retrouver en tête à tête avec lui.

C'était un mystère qu'il devait élucider.

Il referma l'écran de son ordinateur et ramassa quelques petites voitures que Keenan avait oubliées lors de sa dernière visite. Telle qu'il connaissait Zoe, les jouets feraient une meilleure entrée en matière qu'un bouquet de roses.

Il descendit de chez lui et alla frapper à la porte de la cuisine.

Zoe, qui était dans la buanderie, referma le couvercle de la machine à laver.

— Qui est-ce ?

— Coop ! Je te dérange ?

Elle hésita, appuya sur le bouton de démarrage et cria :

— Non, non, entre ! J'arrive dans un instant.

Puis elle attrapa le panier de linge propre à trier. Ce n'était pas une tâche urgente, mais elle le prit avec elle dans la cuisine, un peu dans un réflexe de défense.

Mon Dieu, ce qu'il était séduisant ! songea-t-elle en voyant Coop. Cela faisait un certain temps qu'elle s'efforçait de ne pas s'attarder sur cette idée. Il était si viril, avec son corps athlétique, ses muscles longs, ses cheveux bruns un peu décoiffés et ses yeux d'un vert limpide et perçant. Comme elle aurait aimé que son cœur se tienne tranquille lorsqu'il lui adressait un de ces petits sourires charmeurs dont il avait le secret !

— Bonjour, Coop.

Elle posa le panier de linge sur la table de la cuisine et commença aussitôt à trier les chaussettes, pour s'occuper les mains.

— Bonjour, Zoe.

La cuisine était en désordre, comme d'habitude, observa silencieusement Coop. Cette femme avait vraiment besoin de quelqu'un pour l'aider à organiser. Mais Dieu ! qu'elle sentait bon !

— Keenan a oublié ses petites voitures chez moi, dit-il en les posant sur la table. Je me suis dit qu'elles lui manquaient peut-être.

— Merci, c'est gentil.

— Il est où, d'ailleurs ?

— A l'école.

— Ah oui, c'est vrai. Tu viens de rentrer de la boutique ?

— Oui… les affaires marchent assez bien, en ce moment. Nous avons deux mariages prévus. En fait, je pourrais travailler à plein temps pendant trois semaines si je le voulais, mais ça ne colle pas trop avec l'emploi du temps de Keenan.

— Comment ça, tu pourrais travailler à plein temps ?

— Eh bien, c'est la saison des mariages.

Les arrangements floraux demandent beaucoup de temps et de mains. C'est pour ça que Fred m'a demandé si je pouvais travailler à plein temps pendant quelques jours.

— C'est plutôt une bonne chose, non ?

— Oui, mais Keenan est à l'école maternelle et il sort à 15 heures tous les jours. Et puis, la semaine prochaine, c'est mon tour d'aller chercher les enfants à l'école — on fait un roulement avec d'autres parents. Et je lui ai promis que je l'emmènerai à la piscine avec ses amis vendredi prochain. Il attend ça avec impatience.

— Ah oui, c'est vrai, il m'en a parlé.

Au moins vingt fois, songea Coop.

— Je n'ai pas envie de le décevoir.

— Dans ce cas, je pourrais l'accompagner.

— Toi ?

Coop n'en revenait pas d'avoir fait une pareille proposition. Il eut un haussement d'épaules.

— Oui, moi. Ce n'est pas si compliqué.

Et il peut rester avec moi quand il rentre de l'école.

Zoe le regardait, sidérée.

— Mais, et ton travail ?

— J'écris la plupart de mes articles chez moi et Keenan pourrait m'accompagner quand j'irai au journal ou quand j'aurai une interview. Cela l'amusera peut-être.

— C'est sûr, mais…

Elle ne comprenait décidément rien à cet homme.

— Mais pourquoi tu ferais une chose pareille ?

Coop se sentait bien en peine de répondre à cette question. Il botta en touche.

— Et pourquoi pas ? Il n'est pas si pénible que ça !

— Peut-être, mais il y a aussi mon tour de ramassage scolaire !

— J'ai le permis de conduire et ça ne doit pas être très compliqué d'emmener et de raccompagner un groupe d'enfants à l'école.

— Il faut le dire vite, fit-elle avec une

grimace. Et la séance de piscine que je lui ai promise ?

— J'étais capitaine de l'équipe de natation à la fac.

Elle parut intriguée.

— Ah bon, je croyais que toi, c'était le base-ball.

— Oui, bien sûr. J'étais capitaine de l'équipe de base-ball aussi, et je n'étais pas mauvais au basket-ball non plus.

Soudain, Coop se rendit compte que ses propos pouvaient paraître un peu vantards, comme ceux d'un adolescent qui essaie d'impressionner les filles. Un peu honteux, il fronça les sourcils et s'appliqua à faire glisser une petite voiture sur la table de la cuisine.

— Keenan m'a dit que tu faisais très bien les bruits de moteur.

— Ah oui, c'est un autre de mes talents.

Il semblait embarrassé, constata Zoe, attendrie.

— Ecoute, je suis très touchée par ta

proposition, mais mieux vaut qu'on avise au jour le jour, d'accord ? Si tu t'aperçois que c'est trop pour toi…

A ces mots, son regard se durcit.

— Je crois que je suis tout de même capable de gérer un gosse de quatre ans et quelques-uns de ses copains !

— Très bien, mais si tu te rends compte finalement que tu n'as plus envie de le faire, tu me le dis, ça ne posera pas de problème et je comprendrai.

— C'est entendu. Quand est-ce que je commence ?

— Demain, ce serait génial.

— Alors demain.

Une bonne chose de faite, se dit Coop. Maintenant, il fallait passer à une tout autre affaire qui lui tenait à cœur.

— Et si on dînait ensemble ?

Les yeux de Zoe s'agrandirent de surprise.

— Euh… oui, si tu veux. J'ai prévu du poulet pour ce soir, je le ferai sans doute rôtir.

— Ce n'est pas tout à fait ce que j'avais en tête.

Il fit un pas en avant. Elle recula instinctivement.

— Je voulais parler d'un dîner tous les deux, au restaurant.

— Ah… eh bien, je dois travailler, ce soir.

— Demain soir, alors.

— Tu sais, je ne sors pas beaucoup…

— J'avais remarqué. Qu'est-ce qui te fait peur, Zoe ?

— Toi.

Irritée contre elle-même, elle leva une main dans un geste de découragement. Il la saisit au vol et la plaqua contre sa poitrine.

— Je… je ne veux pas sortir avec quelqu'un, commencer quoi que ce soit. J'ai… de très bonnes raisons pour cela.

— Il faudra que tu m'en parles un de ces jours, murmura Coop en lui effleurant la joue des doigts.

— J'espère que tu ne vas pas m'embrasser encore ? répondit-elle d'une voix étranglée.

— Bien sûr que si.

Il posa aussitôt ses lèvres sur les siennes et garda les yeux ouverts, tandis qu'il taquinait de sa langue la lèvre inférieure de Zoe, la mordillant délicatement pour exciter son désir.

— Tu as une bouche incroyable.

La vision de Zoe se brouilla. Son cœur battait à tout rompre. Les sensations qui s'éveillaient en elle étaient si délicieuses que, pour rien au monde, elle n'aurait voulu que ce moment cesse. Sa volonté cédait sous l'afflux du désir qui s'emparait d'elle. Cela faisait trop longtemps qu'elle n'avait pas éprouvé le plaisir de se sentir femme dans les bras d'un homme. Dans ses bras, elle se sentait fondre comme neige au soleil.

Il n'avait pas imaginé que ce baiser aiguiserait à ce point ses sens, jusqu'au point où la volupté devenait presque une douleur, une urgence absolue. Au début, il avait simplement voulu l'embrasser, mais

NORA ROBERTS

déjà ses mains commençaient à l'explorer,
à la serrer.

— Coop… il faut que je réfléchisse.

— Tu penseras plus tard, dit-il en pressant
sa bouche contre sa gorge.

C'était merveilleux de sentir ce tourbillon
sensuel l'emporter, mais elle savait très bien
jusqu'où ça risquait de la mener.

— Coop, nous ne devons pas…

— Mais si, laisse-moi te montrer.

— J'ai le vertige, il faut que tu t'arrêtes,
je t'en prie. Oh ! tu n'imagines même pas
ce que tu es en train de me faire.

— Je n'ai même pas commencé. Viens
là-haut, viens là-haut avec moi, Zoe. J'ai
envie de serrer ton corps contre le mien,
j'ai envie de me sentir en toi.

— Moi aussi…

Elle tremblait, le désir montait en elle
comme un feu dévastateur.

— Coop, il faut que je réfléchisse. Je
n'ai pas fait cela depuis cinq ans, tu sais…

Il releva doucement la tête pour la regarder.

124

Ses yeux étaient voilés par le désir et sa bouche, gonflée par les baisers qu'il lui avait donnés.

— Personne ?

— Non… Avant même la naissance de Keenan, j'ai eu l'impression que tout désir physique s'était éteint en moi — et là, c'est comme si tu venais de rallumer la flamme. Je ne sais pas comment gérer ça.

— Et le père du petit ? Tu l'aimes toujours ?

— Non.

L'idée était presque risible, à la vérité.

— Non, ça n'a rien à voir avec lui… Enfin si, un peu, mais… Il faut que je m'asseye. Je savais que ça arriverait. Je l'ai su la première fois que je t'ai vu. Il n'y a personne dans ma vie, parce que je ne voulais pas. Parce que Keenan était tout ce qui comptait pour moi. J'ai des projets aussi…

Elle prononça ces derniers mots avec un dépit qui surprit Coop. Son ton était presque accusateur.

— J'ai des projets. Je voudrais faire

des études, je voudrais ouvrir mon propre magasin de fleurs un jour.

Sa voix montait en puissance. Coop ne comprenait pas ce qui était en train de se passer.

— Zoe...

Mais elle ne le laissa pas l'interrompre.

— Et tout se passait très bien. J'ai réussi à acheter la maison. Je voulais que Keenan grandisse dans une maison, avec un jardin, de gentils voisins. Tout le monde m'a dit que j'étais folle, que je n'y arriverais jamais, que je m'en voudrais un jour d'avoir tout sacrifié pour élever seule un enfant. Mais ça, je ne le regretterai jamais. Mon fils est la plus belle chose qui me soit arrivée. Et je m'en suis bien sortie : Keenan est intelligent, drôle... merveilleux. Nous menons une existence heureuse et je sais que je peux encore l'améliorer. Je n'ai jamais eu besoin de personne. Et maintenant, mon Dieu, je suis amoureuse de toi !

Coop se figea instantanément.

— Quoi ?

— Quelle horreur ! Mais quelle horreur !

Elle pleurait à présent et prit une petite chaussette dans le panier à linge pour s'essuyer les yeux.

— Ce n'est peut-être rien, reprit-elle. Une histoire d'hormones ou je ne sais quoi. Mais quand je t'ai vu l'autre jour, endormi sur le canapé, avec Keenan dans les bras... C'était tellement adorable. Et puis tu m'as embrassée et, là, tout a pris des proportions folles. Comme lorsque tu apprenais à Keenan à lancer cette stupide balle, dans le jardin. Ou que tu mangeais mes pancakes en me regardant. J'arrive à peine à respirer quand tu me regardes.

Coop était sous le choc. Il comprenait à peine ce que Zoe était en train de lui dire.

— Attends... je n'ai pas tout suivi.

— Bien sûr, je parle à tort et à travers. C'est ma faute. Tu as été si gentil avec Keenan et honnête avec moi. Crois-moi, je sais que je suis responsable de mes émotions.

Comme il la regardait, avec l'air apeuré de quelqu'un qui est menacé par une bête féroce, elle ajouta en souriant :

— Je suis désolée, Coop. Je n'aurais pas dû m'épancher ainsi devant toi. J'ignorais même à quel point mes sentiments étaient confus.

Il prit une profonde inspiration.

— Ecoute, Zoe, j'aime beaucoup ton fils et tu m'attires énormément, mais…

— Tu n'es pas obligé de m'expliquer quoi que ce soit. C'est très clair. Je n'attends rien de toi et je suis vraiment désolée si je t'ai mis mal à l'aise. Mais je me sens mieux, maintenant.

Curieusement, c'était la vérité.

— Quand nous ferons l'amour, ce sera en connaissance de cause, conclut-elle.

— Quand nous… ?

— Nous savons tous les deux ce qui va se passer, reprit-elle calmement. Nous en avons tous les deux envie et c'est mieux de le reconnaître et de l'assumer plutôt que de supporter cette tension entre nous. Keenan a envie de passer la nuit chez un petit copain bientôt. Je peux arranger ça.

Elle ne put s'empêcher de rire en voyant l'expression de surprise de Coop.

— Je suis navrée, mais c'est un peu compliqué d'être totalement spontanée avec un enfant de quatre ans dans les parages. J'espère que ça ne te dérange pas si l'on prévoit assez tôt la nuit que nous passerons ensemble.

— Non, pas du tout… Enfin… Bon sang, Zoe !

— Si tu préfères renoncer ou que tu veux un peu de temps pour réfléchir, ce n'est pas un problème.

Il la regarda intensément et sentit le désir l'assaillir de plus belle. Le désir et quelque chose d'autre, de totalement différent. Et de totalement nouveau.

— Non, j'ai envie de toi. Quand tu veux.

— Pourquoi pas lundi soir ?

— J'ai un match, ce soir-là.

Coop n'en revenait pas d'être là, en train de prendre date pour faire l'amour, comme s'il s'agissait d'un rendez-vous chez le dentiste.

— D'accord… alors mercredi ?

— Ça me va. Est-ce que tu veux que nous allions dîner quelque part avant ?

— Non, ce n'est pas la peine. Je n'ai pas besoin de fleurs ou de chandelles. Je monterai chez toi dès que Keenan sera chez son ami.

— D'accord… Je crois que je ferais mieux de rentrer travailler, maintenant.

— Est-ce que tu es toujours d'accord pour garder Keenan, demain ?

— Bien sûr. Tu n'auras qu'à lui dire de venir frapper à ma porte.

— Merci mille fois. A bientôt.

Elle l'écouta remonter les marches de son escalier. C'était certainement une erreur, songea-t-elle en pliant machinalement son linge. Mais elle en avait fait d'autres. La vie est trop fade si l'on passe son temps à éviter le danger.

Chapitre 7

— Et il envoie la balle et marque !

Coop imita le bruit d'une foule en délire, alors que Keenan venait d'envoyer le ballon dans le panier.

— Je peux le refaire encore ! Je peux, dis ?

Perché sur les épaules de Coop, Keenan balançait d'excitation ses petits pieds chaussés de pantoufles.

— Le public en redemande, bonhomme ! Allez, prends le ballon. Et attention, cette fois-ci, c'est la balle de match ! Compris ?

— Compris !

— Un frisson traverse la foule, tandis que Fleming s'approche de la zone de tir. Ce soir, il joue le match de sa vie ; tout repose dans cette action qu'il s'apprête à exécuter. Il regarde le panier. Est-ce que tu regardes le panier, Keenan ?

— Je ne le quitte pas des yeux, répondit l'enfant en plissant le front.

— Il vise et… lance !

Keena rassembla tous ses efforts et, de son perchoir, envoya le ballon dans le panier.

— Ouais ! La foule en délire pousse des cris d'ovation ! Fle-ming ! Fle-ming !

Coop se mit à faire le tour du canapé avec l'enfant sur ses épaules.

— Salue ton public, Keenan ! Ils sont tous venus pour toi !

Puis, sans crier gare, il fit basculer l'enfant sur le canapé et ils chahutèrent tous les deux en riant.

C'était une manière plaisante d'occuper une journée pluvieuse, se disait Coop. Et ça lui permettait de ne pas trop penser à la nuit à venir.

On était mercredi.

— O.K., Keenan. C'est la pause ! Je dois finir mon article, maintenant.

— Est-ce qu'on va retourner au journal ? J'aime bien aller là-bas ! C'est cool.

— Non, pas aujourd'hui. Je le faxerai lorsque j'aurai terminé. Tu peux regarder un dessin animé en attendant.

— D'accord. Est-ce que je peux prendre une boisson ?

— Bien sûr. Il y a du jus de fruits que ta mère m'a donné pour toi. Tu es bien sage, hein ?

— Oui.

Comme Coop entrait dans son bureau, Keenan descendit du canapé. Il adorait rester avec Coop après l'école. Ils s'amusaient tellement, tous les deux ! Coop ne lui demandait jamais s'il s'était bien lavé les mains et ne lui disait pas que les biscuits risquaient de lui couper l'appétit.

Plus que tout, Keenan aimait lorsque Coop le prenait dans ses bras, le soulevait de terre. Ce n'était pas pareil quand c'était sa mère qui le faisait. Bien sûr, il aimait quand sa maman lui faisait un câlin, surtout à la sortie du bain ou lorsqu'il avait fait un cauchemar. Mais, avec Coop, c'était différent. Et Keenan savait très bien pourquoi : Coop était un papa, pas une maman.

Il aimait bien penser que Coop était son papa et il se disait que, s'il était bien sage, Coop ne partirait pas.

Après une ou deux tentatives infructueuses, Keenan parvint à ouvrir le réfrigérateur ; il était si fier que Coop ait accroché ses dessins sur la porte. Il examina l'intérieur et repéra la bouteille de jus de fruits que sa mère avait achetée pour lui. Il vit également les bouteilles vertes que Coop aimait bien.

B-I-E-R-E, épela-t-il à voix basse. Il se souvint avoir demandé un jour à Coop s'il pouvait goûter, mais c'était pour les grands. Il avait simplement eu le droit de sentir le contenu de la bouteille, ce qui ne lui avait pas du tout donné envie de grandir ! Ce jour-là, il y avait une nouvelle bouteille à l'intérieur de la porte. Keenan essaya de déchiffrer : C-H-A-R-D-O… Il renonça, il y avait trop de lettres, cette fois-ci.

Il prit la bouteille de jus de fruits et la posa sur le sol de la cuisine. Puis il tira une chaise devant le placard pour attraper un verre. Un jour, il serait aussi grand que Coop et n'aurait plus besoin de chaise. Il grimpa dessus et se mit sur la pointe des pieds.

Le fracas d'une chute et le cri immédiat de Keenan firent bondir Coop de sa chaise. Il se cogna le genou contre le bureau et fit voler toutes ses feuilles en sortant de la pièce en courant.

Keenan pleurait. Une chaise était renversée, du jus d'orange coulait abondamment sur le carrelage de la cuisine et la porte du réfrigérateur était restée ouverte. Coop prit le petit garçon dans ses bras et l'installa sur la table de la cuisine.

— Tu t'es fait mal ? Qu'est-ce qui s'est passé ?

Keenan sanglotait sans pouvoir répondre.

Coop examina attentivement ses jambes et son dos, terrorisé à l'idée de découvrir des plaies ouvertes ou une fracture.

— Je suis tombé ! finit par dire Keenan en passant les bras autour du cou de Coop.

— Ce n'est rien, ce n'est rien. Est-ce que tu t'es cogné la tête ?

— Noonnn. Je suis tombé sur les fesses.

— Bon, je ne pense pas que ce soit très grave.

— J'ai besoin d'un bisou magique !

— Un bisou magique ?

— Oui, c'est un bisou quand on s'est fait mal.

— Ah... d'accord.

Coop se pencha et déposa un baiser sur le front de Keenan.

— Ça va aller comme ça ?

— Oui... je crois que ça va mieux. Je suis désolé d'avoir renversé tout le jus...

— Ça n'a aucune importance.

Sans même s'en rendre compte, Coop caressait doucement les cheveux de l'enfant pour l'apaiser. Quelque chose se soulevait en lui, ou craquait, il n'aurait su dire quoi.

— Tu n'es pas fâché après moi ? Tu ne vas pas t'en aller ?

— Mais non !

Une violente émotion noua la gorge de Coop, qui comprenait de moins en moins ce qui lui arrivait.

— Je t'aime, dit Keenan avec cette déconcertante facilité de l'enfance.

Coop ferma les yeux en se demandant comment il était possible qu'un homme de son âge puisse être aussi attaché à un petit garçon de quatre ans.

Et voilà, elle y était. Zoe se tenait en bas de l'escalier qui menait jusqu'à l'appartement de Coop. Tout ce qu'elle avait à faire était de monter, d'ouvrir la porte et d'avoir une liaison avec lui. Son ventre était noué.

Comme elle était sotte de se sentir si nerveuse !

Bravement, elle gravit les marches. Après tout, elle était une jeune femme normale, avec des besoins normaux. Et si d'aventure elle se sentait emportée par ses émotions, elle les gérerait comme elle pourrait. C'est plus difficile d'être blessée lorsque l'on n'attend rien.

Plus jeune, elle avait eu des attentes, mais celles-ci avaient été cruellement déçues. On ne l'y reprendrait plus.

Ce qui allait se passer entre Coop et elle était la conséquence logique d'une attirance physique entre deux célibataires en bonne santé. Mais comme c'était difficile de monter cet escalier !

Tous les détails pratiques étaient réglés. Son fils dormait chez un de ses amis et elle avait pensé à prendre sa pilule. Ce n'était plus le genre d'oubli qu'elle risquait de commettre.

Allez, sans regret, se dit-elle au moment de frapper à la porte.

Coop ouvrit si vite qu'elle manqua sursauter. Ils se regardèrent en silence un instant.

Elle portait une robe légère, avec des fines bretelles rouges qui soulignaient la douceur de sa peau de pêche. Ses cheveux flottaient librement sur ses épaules et ses yeux brillaient d'attente et d'inquiétude. Coop en perdit momentanément l'usage de la parole. Puis il parvint à se reprendre en voyant qu'elle tenait son téléphone portable à la main.

— Bonsoir, dit-il, tu attends un coup de fil ?

— Comment ? Oh ! non…

Elle se mit à rire, consciente de son ridicule.

— Non, seulement, je préfère rester joignable lorsque Keenan n'est pas à la maison.

— Il dort chez son copain, c'est ça ?

— Oui.

Il la laissa entrer et elle posa le téléphone sur le bar de la cuisine.

— Il était ravi et…

Elle s'arrêta net en sentant que la semelle de sa sandale accrochait sur le carrelage.

Coop leva les yeux au ciel.

— Aïe, je n'ai pas dû nettoyer cet endroit tout à l'heure. Nous avons eu un petit incident avec une bouteille de jus d'orange.

— Ah bon ?

— Le petit est tombé d'une chaise, rien de grave, rassure-toi. Enfin, je crois que j'ai pris dix ans en une fraction de seconde. Ce n'était pas grand-chose, mais la bouteille de jus d'orange s'est renversée.

Comme Zoe se contentait de sourire, il se dirigea vers le réfrigérateur. Pourquoi avait-il le sentiment de parler à tort et à travers ?

— Est-ce que tu veux un verre de vin ?

— Volontiers.

Zoe se rendit compte que Coop était aussi nerveux qu'elle, et cela l'attendrit. A son tour, elle essaya de meubler la conversation.

— Keenan adore passer du temps avec toi. Maintenant, je suis obligée de lire les pages sportives du journal pour suivre ses conversations !

— Il apprend vite.

— Mais moi aussi, dit-elle en acceptant le verre qu'il lui tendait. Tu peux m'interroger sur les derniers résultats des RBI et des ERA !

— C'est pas vrai ? Il t'arrive de regarder des matchs aussi ?

— Parfois, mais je regarde aussi « 1 rue Sésame » : j'aime bien m'intéresser aux goûts de Keenan.

Coop attrapa une mèche de ses cheveux pour jouer doucement avec. Il devenait de plus en plus difficile de parler.

— Il aime aussi les dinosaures, d'après ce que j'ai compris, fit observer Coop.

— Oui, je lui ai pris au moins six livres sur le sujet à la bibliothèque…

Les doigts de Coop s'aventuraient à présent sur la ligne de ses épaules.

— Et je l'ai emmené au musée d'Histoire naturelle…

Elle posa son verre sur le bar et se laissa tomber dans ses bras.

Il l'embrassa avec fougue, comme si cela faisait des jours qu'il attendait cet instant. Zoe se sentit aussitôt fondre de désir. La tension accumulée ces derniers jours, l'impatience, l'attente, tout cela explosait en elle.

— Je n'étais pas sûr que tu viendrais, dit-il dans un souffle.

— Moi non plus. Je…

— Je n'arrive pas à penser à autre chose qu'à toi.

Il la souleva dans ses bras.

— Je pensais que nous irions plus doucement.

— N'attendons plus…, murmura-t-elle comme il l'emmenait jusqu'à sa chambre.

Zoe eut le temps d'apercevoir une pièce ordonnée, avec un parfait équilibre de couleurs claires et foncées. Puis elle se laissa tomber sur le lit, pleine d'ardeur et de hâte. Elle voulait qu'il la touche comme une femme, elle voulait se sentir femme dans ses bras.

Les mains qu'il posait sur son corps pour la dénuder la rendaient incandescente. Chaque parcelle de sa peau attendait ses baisers, pulsant sous le feu d'un désir grandissant.

Il n'y avait plus de peur, plus de retenue.

Coop sentait qu'il perdait tout contrôle dans les bras de cette femme incroyable. Zoe était la perfection incarnée, le rêve de tout homme. Belle et nue, avec un corps si fin qu'il peinait à croire qu'elle avait un jour porté un enfant. Dans la douce lumière tamisée du jour déclinant, son visage pur était bouleversant de beauté. Quand il la touchait, il voyait le reflet de son propre désir dans ses yeux perdus.

Ils roulaient l'un contre l'autre, animés par une faim sans pareille. Leurs mains et leurs bouches se cherchaient, s'enlaçaient, s'exploraient. Leurs caresses sensuelles et avides leur arrachaient des soupirs de volupté. Au-dessus, au-dessous, ils s'agrippaient avec passion et frénésie. Quand il sentit que Zoe n'attendait plus que cela, quand il se sentit trop dur pour supporter l'attente, il la pénétra profondément.

La sensation fut si intense que Zoe eut l'impression qu'une lance brûlante venait d'entrer en elle. C'était si merveilleux qu'ils restèrent un instant immobiles, retardant le moment du plaisir pour mieux le savourer.

Puis ils ne furent qu'un seul et même mouvement, qui allait crescendo. Une course sauvage qui les emmena jusqu'au bout du voyage, dans une explosion de plaisir et de cris.

Ce n'était pas exactement comme ça que Coop avait imaginé les choses.

Ils étaient allongés sur le lit. Zoe était recroquevillée contre lui. La lumière avait presque disparu, et des ombres douces flottaient dans la pièce.

Coop s'était dit qu'ils respecteraient certaines étapes avant de faire l'amour, qu'ils iraient plus doucement, pour apprivoiser le corps de l'autre.

Mais quand il l'avait vue, avec ses grands yeux brillants, avec son sourire impatient et gêné, il avait songé qu'il n'avait jamais autant désiré une femme de sa vie.

Il déposa un baiser tendre sur la tempe de Zoe.

— Comment te sens-tu ? murmura-t-il.

— Mieux que bien, répondit-elle en lui caressant doucement l'épaule.

— J'espère que je n'ai pas trop précipité les choses.

— Non, c'était parfait.

Il laissa glisser un doigt sur son bras, appréciant la douceur et la fermeté de sa peau. Il avait encore envie d'elle. Déjà ! *Contrôle-toi*, s'ordonna-t-il.

— Est-ce que tu vas rester un peu ?

Elle riva son regard au sien.

— Oui.

— Je vais chercher la bouteille de vin, si tu veux.

— C'est une bonne idée.

Elle soupira de bien-être lorsqu'il sortit du lit. Elle avait oublié comment ça se passait après. Et même avant. Et même pendant. Mais cela n'avait pas d'importance. Tout s'était merveilleusement bien passé jusqu'alors.

Ce qui la surprenait encore, c'était tout ce qu'elle avait réussi à oublier pendant toutes ces années. La force du désir, le bonheur de se sentir pleinement exister dans les bras d'un homme. Mais, durant tout ce temps, elle n'avait jamais éprouvé d'amour pour quiconque.

Elle se redressa et ramassa les draps pour se couvrir. Au même moment, Coop entrait dans la chambre, un plateau à la main.

En la voyant dans son lit, Coop ressentit une étrange brûlure, qui touchait à la fois ses sens et son cœur. En silence, il remplit deux verres et s'assit à côté d'elle.

— Pourquoi est-ce que tu n'as pas eu d'aventures ces dernières années ?

Il s'en voulut aussitôt d'avoir posé cette question.

— Pardon, ça ne me regarde pas.

— Oh, ne t'inquiète pas.

Parce que je ne suis tombée amoureuse de personne avant toi, songea-t-elle. Mais ce n'était pas du tout ce qu'il voulait entendre et elle le savait très bien.

— Tu as envie d'en savoir plus sur le père de Keenan ?

— Ça ne me regarde pas. Je suis désolé d'être si indiscret, parfois. C'est une déformation professionnelle.

— C'était il y a très longtemps — dans une autre vie. Ça ne me dérange pas de t'en parler. J'ai grandi à New York. Je t'ai peut-être dit que ma mère était actrice. Je suis née de son second mariage. Elle s'est mariée cinq fois. Enfin… jusqu'ici.

— Cinq fois ?

Zoe fit tourner le vin dans son verre et le porta à ses lèvres.

— Clarice tombe amoureuse et change de

mari comme d'autres changent de coiffure. Elle est restée avec mon père quatre ans, avant qu'ils ne divorcent à l'amiable. Ma mère s'est toujours séparée sans histoire. Je n'ai pas vu beaucoup mon père, parce qu'il a emménagé à Hollywood après la rupture. Il fait des publicités et du doublage, principalement. Quand j'étais au lycée, je pense qu'elle en était déjà à son quatrième époux. Mon beau-père travaillait pour une agence de mannequins qui s'appelle *Towers Modeling*. C'est assez connu.

— Oui, j'en ai déjà entendu parler.

— Il m'a fait entrer dans cette agence et j'ai commencé à faire des photos. Et puis j'ai continué.

— Je comprends maintenant, l'interrompit Coop. C'est pour ça que j'avais l'impression de t'avoir déjà vue quelque part.

Elle haussa les épaules.

— Il y a cinq ou six ans, c'était difficile de ne pas me voir. J'ai fait vingt couvertures en un mois, l'année où je suis sortie du lycée.

— C'est ça, et une couverture du maga-
zine *In sports*, pour la collection de maillots
de bain.

Zoe sourit.

— Tu as une bonne mémoire, c'était il
y a six ans !

Coop se souvint des longues jambes
recouvertes de sable et de son visage souriant
et sensuel.

— C'était une sacrée photo !

— Et pourtant la séance de shooting
avait été effroyable. Enfin bref, je gagnais
beaucoup d'argent, j'avais du succès, j'étais
invitée à plein de fêtes. C'est à l'une d'elles
que j'ai rencontré Roberto.

— Roberto…

Coop ne put s'empêcher de faire une
grimace en entendant ce prénom.

— Roberto Lorenzi. Un joueur de tennis.
Tu as peut-être entendu parler de lui ?

— Lorenzi ? Bien sûr… Il a gagné Roland-
Garros il y a trois ans, il me semble. Mais je
sais qu'il a plutôt mauvaise réputation. Fan

de courses automobiles, grand séducteur...
Il n'a pas gagné grand-chose ces deux dernières années. Il y a eu quelques articles accablants sur lui le printemps dernier, parce qu'il avait bousculé un journaliste.

Il s'interrompit pour boire une gorgée de vin.

— Lorenzi ? C'est le père de Keenan ? Mais c'est un...

— Un casanova ? suggéra Zoe. Un sale égoïste, trop gâté par la vie ? Je le sais... maintenant. Mais, à l'époque, je me suis laissé prendre à son petit manège. Ce que je voyais, c'était un beau et charmant jeune homme, qui m'envoyait des roses et m'emmenait à Monte-Carlo. J'étais totalement étourdie par ses attentions, par ses discours. Il me disait qu'il m'aimait, qu'il me vénérait et qu'il ne pouvait pas vivre sans moi. Je l'ai cru et nous sommes devenus amants. Je pensais qu'il serait l'homme de ma vie, l'unique. Quand j'ai découvert que j'étais enceinte, je n'avais pas encore compris que Roberto s'était déjà lassé de moi. Lorsque je lui ai appris ma grossesse, il s'est mis en colère. Puis il s'est calmé, est devenu « raisonnable ». Il pensait que je souhaitais me faire avorter et m'a proposé de payer tous les frais.

— Quel grand seigneur…

— Il pensait de façon assez logique, en un sens, répondit calmement Zoe. Je démarrais une carrière de mannequin prometteuse et je ne pouvais demander aux agences d'attendre la fin de ma grossesse pour me faire de nouveau travailler. Un enfant, et c'était la fin de tout pour moi. Roberto, de son côté, n'avait pas la moindre intention de m'épouser et supposait que je connaissais les règles du jeu. Et, d'ailleurs, je les ai vite comprises. Seulement, quand je suis allée chez le médecin et qu'il m'a confirmé ma grossesse, quelque chose a changé en moi. Après l'incrédulité, la panique et même la colère, je me suis sentie étrangement bien. Je voulais garder ce bébé. Alors, j'ai laissé tomber le mannequinat et j'ai quitté New

York. Après ça, j'ai lu à peu près tout ce que je pouvais sur la maternité et les enfants.

— Juste comme ça ?

— Non, ça n'a pas été si simple. Il y a eu des scènes terribles, on a voulu me présenter ce choix comme le plus insensé que je pouvais faire. Mais j'avais pris ma décision. Roberto et moi nous sommes séparés en assez mauvais termes, mais en tombant d'accord pour qu'il reste en dehors de ma vie comme je resterai en dehors de la sienne.

— Et qu'as-tu dit à Keenan ?

— Ce n'est pas évident. Je me sens parfois coupable à ce sujet. Jusqu'à présent, je lui ai dit que son père avait été obligé de partir et qu'il ne reviendrait pas. Comme c'est un enfant heureux, il ne pose pas de questions. Pour le moment…

— Et toi ? Est-ce que tu es heureuse ?

— Oui, répondit-elle en souriant. Je le suis. Toute ma vie, j'ai rêvé d'avoir une maison, une famille, quelque chose de solide et de durable. Tout ça, je ne l'avais pas connu avant d'avoir Keenan. Il a changé ma vie.

— Et tu n'as jamais eu envie de poser de nouveau pour les photographes ?

— Oh non, pas la moindre envie.

Coop passa la main sur la nuque de Zoe pour étudier son expression.

— Tu as un si beau visage.

En cet instant précis, il n'était pas mécontent de l'avoir pour lui seul.

Chapitre 8

Le covoiturage avait certainement été
inventé par quelqu'un doté d'un curieux
sens de l'humour. Ayant vécu l'essentiel
de sa vie dans des villes où les transports
publics ou un jogging matinal permettaient
d'aller au travail, Coop n'avait jamais fait
l'expérience de la version adulte de ce mode
de déplacement.

Mais il avait entendu des histoires à ce
sujet. Les disputes, les mesquineries, les
voitures bondées, le café renversé sur les
genoux du voisin.

Cela faisait à présent une semaine qu'il se
chargeait d'emmener Keenan et ses amis à

l'école et il était certain que la version enfantine du covoiturage était bien pire encore.

— Il m'a encore pincé, monsieur McKinnon. C'est Brad, il m'a pincé !

— Arrête de le pincer, Brad !

— Mais Carly me regarde tout le temps. Je lui ai dit d'arrêter de me regarder !

— Carly, arrête de regarder Brad, s'il te plaît.

— Je crois que je vais vomir, monsieur McKinnon. Je vais vomir maintenant !

— Mais non, tu ne vas pas vomir.

Le petit Matthew Finney faisait des bruits inquiétants et les autres poussaient des cris, de crainte qu'il ne vomisse sur eux. Coop serra les dents et continua de conduire. Matt annonçait qu'il allait vomir deux fois par jour, sauf quand il était à l'avant de la voiture. Mais Coop avait décidé que chaque enfant s'installerait à côté de lui selon un ordre préétabli.

Keenan, qui avait attendu toute la semaine

son tour, se tourna vers l'arrière pour faire des grimaces à Matt.

— Keenan, retourne-toi ! ordonna Coop. Et vous autres derrière, tenez-vous bien. Bon, premier arrêt, tu descends, Matt !

Quinze minutes plus tard, les sièges arrière étaient enfin vides. Coop se gara dans l'allée et posa sa tête sur le volant quelques instants. Quelle migraine !

— J'ai besoin de boire un verre, dit-il.

— Il y a de la citronnade à la maison, si tu veux, proposa Keenan.

— Génial.

Coop sortit de la voiture et aida l'enfant à détacher sa ceinture de sécurité.

— Est-ce qu'on pourra retourner à la piscine ?

L'idée d'accompagner de nouveau un groupe de gamins surexcités à la piscine municipale, dans un futur plus ou moins proche, était une perspective totalement terrifiante.

— Eh bien, tu demanderas peut-être à ta

maman de t'y accompagner, la prochaine fois.

Coop jeta un coup d'œil à la banquette arrière et crut défaillir. Plus tôt dans la semaine, il avait commis la même erreur et découvert des bouts de chewing-gum sur le tapis, des miettes de gâteau partout et une mystérieuse substance verte étalée sur les sièges.

— Ohé !

C'était Mme Finkleman, qui leur faisait de grands signes de l'autre côté de la haie. Elle franchit la barrière et s'approcha, tout sourires. Avec sa robe à fleurs et ses sandales bleu électrique, elle ne passait pas inaperçue.

— Alors, c'était comment cette séance de natation, mon trésor ? demanda-t-elle à Keenan.

— Nous avons fait la course et Brad a mis la tête sous l'eau à Carly, alors que Coop lui avait défendu de le faire. Et même que Carly a pleuré. Oh ! et puis je peux retenir ma respiration sous l'eau pendant douze secondes !

— Incroyable ! s'exclama joyeusement la voisine. Si tu continues comme ça, tu finiras aux jeux Olympiques.

Elle jeta un regard amusé à Coop.

— Vous avez l'air un peu fatigué, vous. Keenan, pourquoi est-ce que tu n'irais pas raconter tout ça à mon mari ? Il a fait un gâteau hier et il en reste pour toi.

— Super !

Keenan tira la main de Coop.

— Tu en veux ? Tu viens avec moi ?

— Je passerai. Vas-y vite !

Mme Finkleman gloussa, tandis que le petit garçon s'élançait joyeusement vers sa maison.

— Quel petit ange ! On va s'occuper de lui pendant deux heures. J'ai comme l'impression qu'un peu de calme vous ferait du bien.

— Je me demande comment font les parents !

— Ah, c'est plus facile quand vous suivez leur développement. Lorsque vous avez passé des nuits à consoler un nourrisson qui a mal au ventre, il n'y a plus grand-chose qui puisse vous faire peur.

Mme Finkleman soupira.

— Sauf peut-être les exposés de sciences à préparer au dernier moment et les premières leçons de conduite. Mais, pour Keenan, Zoe n'en est pas encore là. Et puis franchement, Coop, vous vous en sortez à merveille avec le petit. Avec Harry, on se disait justement que ce serait tellement bien pour elle et pour Keenan d'avoir un homme dans leur vie. Ce n'est pas que Zoe ne se débrouille pas très bien toute seule. Je sais qu'elle élève parfaitement ce petit bout de chou, qu'elle arrive à conjuguer deux boulots et à tenir sa maison. Mais moi, ça me fait chaud au cœur de vous voir jouer avec le petit bonhomme ou de voir le visage de Zoe s'éclairer quand vous êtes dans les parages. Vous formez une jolie petite famille, tous les trois. Mais bon, je bavarde, je bavarde, alors que vous auriez grand besoin de faire une bonne sieste. On s'occupera bien de Keenan.

— Mais je ne suis pas… Et il n'est pas…

Coop n'eut pas le temps de protester. L'indiscrète voisine avait déjà tourné les talons.

Une famille ? Il se sentait glacé à cette idée. Ils ne formaient pas une famille, enfin ! Non, se dit-il en gravissant les marches de son escalier, il n'avait jamais pensé à la situation en ces termes.

Il aimait beaucoup Keenan, bien sûr. Et il était fou de sa mère, aucun doute là-dessus. Mais ça ne faisait pas d'eux une famille pour autant. Et surtout cet état de fait était simplement transitoire. Certes, il avait consacré beaucoup de son temps au gosse, lui avait appris un certain nombre de choses, avait joué avec lui au base-ball, mais tout cela ne faisait pas de lui un père de famille.

Aussitôt arrivé chez lui, il se servit une bière et la but à grandes gorgées.

C'était vrai qu'il aimait les moments qu'il passait avec Keenan, sans parler de ceux qu'il passait avec sa mère. Il devait même reconnaître que plus tôt dans la journée, à la piscine, lorsqu'une mère de famille avait pris Keenan pour son fils et l'avait complimenté, ça lui avait curieusement fait plaisir. Mais ce n'était pas une raison pour penser leur relation en termes de famille.

Il était célibataire. Et il aimait cela. Ce statut lui permettait d'aller et venir selon son bon vouloir, de prévoir des parties de poker qui duraient toute la nuit ou de regarder des matchs aussi souvent qu'il le souhaitait.

Il aimait travailler au calme, c'était la raison pour laquelle il rédigeait ses articles chez lui plutôt que dans l'agitation des bureaux du journal. C'était la meilleure façon d'éviter que les gens farfouillent dans ses affaires ou lui imposent un emploi du temps.

La vie de famille — telle qu'il l'avait

vécue dans son enfance — était pleine de contraintes et de sorties obligatoires.

Il était hors de question pour lui de changer son mode de vie pour s'accorder à un rythme familial !

A présent, il comprenait qu'il avait commis une erreur en consacrant autant de temps à Zoe et au petit. Il ne s'était jamais forcé à faire quoi que ce soit, mais n'avait pas pensé aux conséquences de ses actes. Tous les trois s'étaient rapprochés, peut-être un peu trop, et sa sollicitude à leur égard pouvait prêter à malentendu. Et c'était d'autant plus dangereux que Zoe lui avait dit qu'elle l'aimait. Elle ne l'avait fait qu'une seule fois, se rappela-t-il, et il espérait que c'était juste un truc de femme. Pas de vraies paroles sérieuses.

En tout cas, s'il ne prenait pas ses distances, Zoe et Keenan risquaient de compter un peu trop sur lui. Il frémit à l'idée que lui aussi était en danger : il s'attachait à eux.

Il était temps de rétablir des rôles clairs. Et le sien était avant tout celui du locataire.

Keenan s'élança vers sa mère à la minute où elle sortit de la voiture.

— Maman ! Coucou ! Tu sais, j'ai pu retenir ma respiration sous l'eau pendant douze secondes !

Zoe l'attrapa au vol et le fit tourner dans ses bras.

— Quel champion ! Bonjour, madame Finkleman.

— Bonjour, Zoe. Ça fait une bonne heure qu'on s'amuse tous les deux. J'ai envoyé Coop faire une sieste lorsqu'ils sont rentrés de la piscine. Il avait l'air épuisé !

— Merci beaucoup.

— Et Mme Finkleman m'a même donné du gâteau ! Il était trop bon.

— J'espère que tu l'as remerciée.

— Oui, et tu sais, Matt a failli vomir dans la voiture de Coop, parce que c'était mon tour de monter à l'avant. C'était vraiment génial aujourd'hui et Coop m'a montré comment on nage sans bouée. Il a dit que j'étais un vrai champion.

— Et il a raison. Tu es un vrai champion.

Zoe s'installa dans un fauteuil, avec son fils sur les genoux. La perspective de préparer le dîner puis de revêtir son uniforme pour enchaîner six heures de service au bar ne la réjouissait guère.

— Allez, fais-moi un petit câlin et, ensuite, tu viendras avec moi dans la cuisine pendant que je préparerai le dîner. Tu dois avoir encore des tas de choses à me raconter.

Une demi-heure plus tard, Zoe était en train d'égoutter des pâtes, tandis que Keenan dessinait à même le sol. Elle entendit les pas de Coop dans l'escalier. Instantanément, son cœur se mit à battre plus vite. Cette réaction la fit sourire. Et dire qu'elle s'était crue immunisée contre les hommes pendant des années !

Elle laissa les pâtes dans l'égouttoir et alla lui ouvrir la porte.

— Bonsoir ! fit-elle.

— Bonsoir, comment ça va ?

Un peu nerveux, Coop jouait avec son trousseau de clés. Zoe paraissait radieuse et, en dépit de la fatigue qui se lisait dans ses yeux, elle lui adressa un sourire lumineux.

— J'allais justement t'envoyer Keenan pour savoir si tu voulais dîner avec nous. Je me disais que ça te ferait peut-être du bien après cette journée éprouvante à la piscine.

Elle ouvrit un peu plus la porte et avança, comme pour l'embrasser. Son sourire se fana lorsqu'il fit un léger mouvement en arrière pour l'éviter.

— J'ai simplement préparé du poulet et des pâtes.

Cela sentait délicieusement bon dans la cuisine, mais ce n'était pas le moment de penser à cela. La scène qui s'offrait à ses yeux l'effrayait : une jolie cuisine avec un pot de fleurs sur le rebord de la fenêtre, un fumet délicieux, un bel enfant allongé sur le sol et une femme magnifique prête à lui faire à manger et à l'embrasser.

C'était le piège absolu.

— C'est gentil, mais j'étais sur le point de sortir.

— D'accord, mais je croyais que tu avais encore deux heures devant toi avant le début du match.

Surpris, il arqua un sourcil interrogateur avant qu'elle ne sourie et s'exclame :

— Je suppose que je fais un peu plus attention à la programmation des matchs, à présent. Ce soir, c'est Baltimore contre Toronto !

— C'est vrai.

Seigneur ! quand une femme commence à s'intéresser à ce que vous faites, c'est vraiment le signe que la cage se referme progressivement !

— Mais j'ai des choses à faire, ce soir.

— Je peux venir avec toi ? s'écria Keenan en se précipitant sur lui. Je voudrais bien le voir, ce match ! C'est tellement bien quand je peux y aller avec toi !

Coop s'était rarement senti aussi mal à l'aise. Mais il devait s'endurcir.

— Non, j'ai trop de choses à faire, ce soir, dit-il avec un soupçon de sévérité dans la voix. Tu sais, ce n'est pas seulement un jeu, c'est aussi mon métier.

La lèvre du petit garçon se mit à trembler.

— Mais tu disais que je portais chance !

— Keenan, viens ici, dit doucement Zoe en posant la main sur l'épaule de son fils.

Sans quitter Coop des yeux, elle le ramena à la raison.

— Tu sais bien que Beth va venir te garder, ce soir, et que tu pourras regarder ton dessin animé préféré.

— Mais je voudrais tellement…

— Maintenant, va te laver les mains pour le dîner.

— Mais…

— Allez, mon chéri, dépêche-toi.

L'expression défaite de Keenan aurait

attendri le cœur d'un ogre, mais Coop tenait bon. Il prit la direction de la porte, bien décidé à décamper le plus vite possible.

— Tu sais, je ne peux pas l'emmener partout, dit-il.

— C'est normal. Il est très fatigué ce soir. De toute façon, je ne l'aurais pas laissé partir.

Zoe hésita un peu, mais ne put s'empêcher de demander :

— Tout va bien ?

— Tout va très bien !

Coop ignorait pourquoi il avait presque crié, comme il ignorait pourquoi son cœur semblait peser dix tonnes, à présent.

— J'ai ma propre vie, tu sais. Et je n'ai pas besoin d'un enfant pour grimper sur mon dos… ni que tu me prépares à dîner. Et puis je ne suis pas obligé de me justifier non plus.

Le regard de Zoe devint soudain très froid, étonnamment calme.

— Bien sûr que non. Je te suis reconnaissante de m'avoir autant aidée ces dernières semaines. Tiens-moi au courant si je peux faire quoi que ce soit pour te rendre service.

— Ecoute, Zoe…

— Excuse-moi, mais je dois servir le dîner maintenant, sinon je risque d'être en retard. Passe une bonne soirée.

Elle referma fermement la porte derrière lui.

Sans même regarder en arrière et tout en s'affairant à son four, Zoe sut exactement combien de temps il resta planté derrière la porte et à quel moment il partit.

C'était à prévoir, songea-t-elle. Ce revirement était typique, et même compréhensible. Peut-être qu'il avait fallu plusieurs semaines à Coop pour comprendre qu'elle n'était pas seule, qu'elle était la mère de Keenan et qu'à eux deux ils formaient une famille, avec ses joies, ses difficultés et ses habitudes.

Il se retirait du jeu.

Peut-être qu'il n'en était pas tout à fait conscient encore, mais il avait commencé à battre en retraite.

Ses yeux la piquaient et sa poitrine se soulevait malgré elle. Bravement, elle refoula les larmes qu'elle sentait monter en elle. Plus tard, lorsqu'elle serait seule, elle s'offrirait le luxe de les laisser couler. Mais, pour le moment, elle devait consoler son petit garçon.

Lorsqu'il revint de la salle de bains, elle s'accroupit pour lui parler les yeux dans les yeux.

— Tu as passé un bon moment avec Coop, aujourd'hui ?

Keenan hocha la tête en reniflant.

— Et il t'a fait découvrir beaucoup de choses très amusantes !

— Je sais…

— Alors tu ferais mieux d'être heureux d'avoir pu profiter de tout cela, plutôt que de pleurer parce que tu voudrais plus encore.

Elle se releva en se souhaitant la force d'appliquer à elle-même le conseil qu'elle venait de donner à son enfant.

Chapitre 9

— Dis donc, je trouve que tu passes beaucoup de temps au journal, en ce moment.

Ben s'assit sur le bureau de Coop et commença à jouer avec un stylo. Aux quatre coins de *l'open space* sonnaient téléphones et fax. Le martèlement des doigts sur les claviers conférait à ce lieu une atmosphère studieuse et énergique. C'était une ruche qui s'activait de toutes parts.

— Et alors ? répondit Coop sans lever les yeux de l'écran de son ordinateur.

Il était en train de rédiger sa page hebdomadaire sur les résultats sportifs.

— Je croyais que tu préférais bosser dans ton nouvel appart qui a une si jolie...

vue ! Tu n'étais pas si souvent ici quand tu habitais dans le centre de Baltimore.

— J'avais besoin de changer de cadre.

Coop marmonnait et gardait les sourcils froncés de celui qui ne veut pas être dérangé.

— Je vois…

Ben ramassa une balle de base-ball qui traînait sur le bureau de Coop et s'amusa à l'envoyer et à la rattraper.

— Des soucis au paradis ?

— Mais qu'est-ce que tu racontes, Ben ? Je te signale que j'ai un papier à écrire, au cas où tu ne l'aurais pas encore remarqué.

Ben ne tint pas compte de sa remarque.

— Ecoute, j'ai l'impression que, ces dernières semaines, tu restais tout le temps fourré auprès de ta charmante propriétaire.

— Laisse tomber, Ben. Je travaille.

— Moi je dis que, lorsqu'un type se balade partout avec un gamin de quatre ans, c'est qu'il vise plutôt la mère.

Coop le fusilla du regard.

— J'aime bien ce gosse, c'est tout ! Et je

n'ai pas besoin de ce genre de ruses pour séduire une femme. Le petit est sympa. Il n'y a rien à dire de plus.

— Hé, du calme ! Je n'ai rien contre les loupiots. Il se pourrait même que je décide d'en avoir, un de ces jours. Ce que je voulais dire, c'est que, lorsqu'une femme a déjà un enfant, l'homme qui s'intéresse à elle doit un peu jouer le papa, s'il veut avoir une chance.

— Je te répète que je n'ai pas besoin de ça pour séduire une femme.

— Oh ! ça va… Je remarque simplement que, le week-end dernier, tu n'as pas voulu jouer, parce que tu emmenais la petite famille à l'aquarium. Et je suis certain que ça ne t'a pas trop mal réussi.

— Ce n'est pas ce que tu crois, Ben…

— Hé, je ne t'aurais pas embêté comme ça si j'avais su que c'était sérieux entre elle et toi.

— Je n'ai pas dit que c'était sérieux entre elle et moi…

— C'est ce que je viens de dire…, mais bon, peu importe.

Las, Coop s'adossa à son fauteuil. Ben et lui avaient tenu un compte serré de leurs conquêtes féminines pendant cinq ans, toujours avec une chaleureuse complicité. Il n'avait aucune raison de réagir de la sorte.

— Désolé, Ben. J'ai beaucoup de choses dans la tête en ce moment.

— Ne t'inquiète pas. Tu as besoin de te distraire. Ça te dirait, une partie de poker, ce soir ?

— Et comment !

— Génial. Perdre un peu d'argent devrait te remettre sur les rails !

Coop était loin d'en être sûr, mais son ami avait raison. Depuis quelques jours, il ne savait plus du tout où il en était ; il dormait très peu, mangeait encore moins et se sentait terriblement nerveux.

Tout cela parce qu'il évitait autant que possible d'affronter le problème. Il fermait les yeux, alors qu'il était l'heure de les ouvrir.

S'il voulait retrouver sa vie, il était grand temps de faire face.

Il éteignit son ordinateur.

Ce que Zoe appréciait le plus dans ses après-midi de congé, c'était la solitude qui les accompagnait. Pas de clients à qui parler, pas de commandes à recevoir. Ces moments rares où elle n'était ni vendeuse, si serveuse, ni même maman, étaient précieux. Elle s'y ressourçait. Elle était simplement Zoe.

Assise sur la terrasse de sa maison, elle essayait de comprendre le mode d'emploi du nouveau barbecue qu'elle venait d'acheter. Elle voulait faire la surprise de cuire des hamburgers dessus à Keenan.

Elle savourait la tranquillité de ce moment. Enfin, la tranquillité selon elle — avec de la musique qui résonnait dans la cuisine. Bientôt, Keenan se précipiterait dans ses bras pour lui raconter les aventures de sa journée d'école.

L'appartement de Coop était vide. Elle le savait et s'efforçait de ne pas y penser. Tout comme elle s'efforçait de ne pas penser au fait que, depuis quelques jours, il était plus souvent absent que présent.

Comme elle avait été naïve de le croire différent des autres ! Il l'avait voulue, l'avait eue et s'était désintéressé d'elle. C'était classique. Et comme elle aussi avait eu envie de lui, ils étaient quittes.

Son cœur souffrait, mais cela finirait par passer. Elle avait déjà vécu cela, il suffisait d'attendre. Keenan et elle s'en sortiraient très bien tous les deux, comme toujours.

Son tournevis lui glissa des mains et égratigna son genou dans sa chute. Elle poussa un juron.

— Mais qu'est-ce que tu fais ?

C'était Coop.

Les joues en feu, elle leva la tête vers lui.

— Je suis en train de préparer un gâteau, ça se voit, non ? lança-t-elle

— Tu ne peux pas assembler les pièces

du barbecue, si tu les étales toutes n'importe comment par terre !

Il se baissa et commença machinalement à rassembler les différents éléments et outils par catégories. Zoe repoussa sa main avec le manche de son tournevis.

— Merci, mais je n'ai pas besoin que tu assembles ce barbecue à ma place. Je ne suis pas une pauvre femme désespérée, qui a besoin qu'un homme s'occupe du bricolage à sa place. Je me débrouillais très bien toute seule avant que tu t'installes ici.

Abasourdi, il remit les mains dans ses poches.

— Très bien, je te laisse faire, alors.

— Oui, j'aime bien faire les choses par moi-même.

Elle était calme et terriblement froide.

— Parfait, et quand le barbecue se cassera la figure, tu n'auras à t'en prendre qu'à toi-même.

— C'est exactement ça.

179

Elle chassa d'un souffle une mèche qui dansait devant ses yeux.

— Je sais reconnaître mes erreurs. Mais tu n'as tout de même pas l'intention de rester à me regarder faire ?

— Je voudrais parler avec toi.

— Très bien, parle, je t'écoute.

Coop avait déjà prévu tout son discours. Après tout, il était journaliste.

— Eh bien, je me suis rendu compte que mon attitude, je veux dire le fait de passer beaucoup de temps avec toi et le petit…

— Il s'appelle Keenan, marmonna Zoe.

— Je sais très bien comment il s'appelle. Je disais donc que le fait de passer autant de temps auprès de vous a pu donner de fausses impressions.

— Ah oui ?

— Keenan est un gamin génial, il te ressemble beaucoup, je trouve, et j'ai vraiment passé des moments inoubliables avec lui.

Zoe s'en voulut de se laisser attendrir. Elle devait rester dure, mais Coop s'était sincèrement attaché à son fils. Cela rendait les choses encore plus difficiles.

— Il aime passer du temps avec toi et je crois que ça lui a fait beaucoup de bien.

— Oui, peut-être, en un sens… Mais, d'un autre côté, je commence à penser que, pour lui et pour toi, cela a pu créer une forme de malentendu. Ce que je veux dire, c'est que jouer à la balle avec Keenan ou l'emmener à un match, c'est vraiment chouette. Seulement, je ne voudrais pas qu'il imagine que cette situation va durer.

Zoe sentit son cœur se serrer, mais elle parvint à garder un visage parfaitement composé.

— Je comprends. En fait, tu as peur qu'il commence à te considérer comme une figure paternelle.

— Oui, quelque chose comme ça.

— C'est normal. Mais rassure-toi, il passe aussi beaucoup de temps avec M. Finkleman et avec Billy Bowers, qui habite plus bas dans la rue.

— Ce n'est pas pareil du tout. M. Finkleman a l'âge d'être son grand-père et Billy Bowers a à peine dix-huit ans !

Coop se rendit compte qu'une pointe de jalousie venait de le saisir.

— Il ne se passe pas exactement la même chose avec eux…, ajouta-t-il.

— C'est-à-dire ?

— Je veux parler de notre relation… je ne sais pas si c'est le bon mot. « Relation », c'est un peu fort. Bon sang, on a seulement fait l'amour une seule fois !

— J'avais remarqué, merci.

— Pardon, je me suis mal exprimé. Ça doit te donner l'impression que ça ne représentait rien pour moi. Et, vraiment, c'est tout le contraire, Zoe.

Il le pensait, le pensait si fort.

— Mais…

— Mais tu as peur de te retrouver embrigadé dans notre famille et de te réveiller un matin avec une femme, des traites à payer et un petit garçon qui réclame ton attention.

— Oui. Non. Quelque chose comme ça…

Il était en train de se tirer une balle dans le pied et ne savait même plus pourquoi il le fallait.

— Je voulais juste clarifier la situation.

— Elle est parfaitement claire. Il ne faut pas te tracasser comme ça. J'ai passé une petite annonce dans le journal pour trouver un locataire, pas un père pour mon fils ni un mari pour moi. J'ai couché avec toi parce que j'en avais envie, et non parce que j'imaginais que tu me conduirais à l'autel.

— Ce n'est pas ce que je voulais dire, Zoe.

Frustré de ne pas parvenir à exprimer clairement ses pensées, il passa nerveusement la main dans ses cheveux. Il avait soigneusement préparé son explication et rien ne se passait comme prévu.

— J'avais envie de toi… J'ai toujours envie de toi. Mais je sais qu'on t'a laissée cruellement tomber dans le passé et je ne veux pas te faire souffrir. Pas plus que je ne veux faire de mal à Keenan. Je ne voudrais pas que vous imaginiez que je pourrais être l'homme qui comblerait ce vide dans votre vie.

La colère revint, plus forte encore. Outrée, elle se leva brusquement.

— Nous n'avons pas de vide à combler ! Keenan et moi formons une vraie famille, comme n'importe quelle autre. Et ce n'est pas parce qu'il n'y a pas de papa ici que nous ne formons pas un foyer. Compris ?

— Mais ce n'est pas…

— Je vais te dire, moi, ce que tu penses. Tu fais la connaissance d'une femme et de son petit garçon et tu imagines illico qu'ils n'attendent qu'un homme grand et fort pour les combler. C'est idiot ! Parce que, si j'avais besoin d'un homme, j'en aurais un. Si je pensais que Keenan avait besoin d'un père pour être heureux, je lui en trouverais un ! Alors si tu crois que tu es en tête d'une liste fictive de candidats, laisse-moi te dire que tu te trompes lourdement. Je suis peut-être amoureuse de toi, mais ça n'est pas assez.

Il n'est pas simplement question de moi, ni de toi. Dans mon esprit, c'est Keenan qui passe en premier. Alors quand je voudrai d'un père pour lui, si un jour j'en veux un, ce sera quelqu'un de patient, un homme prêt à quelques concessions pour vivre harmonieusement avec mon fils. Donc, détends-toi, Coop, ça te met d'office hors jeu.

— Je ne suis pas venu pour me disputer avec toi.

— Tant mieux, parce que je n'ai plus rien à ajouter.

Il l'attrapa par le bras, sans lui laisser la possibilité de partir.

— Moi si ! J'essaie d'être honnête avec toi. Je me fais du souci pour toi et pour Keenan. Simplement, j'ai peur que les choses deviennent difficiles à gérer.

— Difficiles à gérer pour qui, au juste ? Pour toi ? Si c'est le cas, alors non, tu n'as aucun souci à te faire. Après tout, tu sais parfaitement contenir tes émotions ! Cesse donc de t'inquiéter pour Keenan et moi, on s'en sort très bien tous les deux, crois-moi.

Elle libéra son bras d'un coup sec, puis ramassa la notice du barbecue qu'elle se mit à relire sans le regarder.

Coop ne comprenait plus rien, et surtout pas pourquoi il avait la curieuse impression d'être rejeté.

— Bon, si tout est clair…

— Tout est très clair.

— Si tu veux, j'ai un peu de temps-là, alors je peux t'aider à monter ce barbecue.

— Je te remercie, mais je vais me débrouiller. Je compte m'en servir un peu plus tard pour faire griller des hamburgers. Tu peux te joindre à nous, sauf si tu as peur que cela ne t'*engage* trop vis-à-vis de nous.

Elle venait de marquer un point.

— C'est gentil, mais j'ai déjà quelque chose de prévu. Peut-être que je pourrai passer vous voir.

— Très bien. Tu sais où nous trouver.

*
**

Lors de cette soirée chez ses amis, Coop but trop et s'enivra sans même s'en rendre compte. En sortant du taxi, il s'avança péniblement jusqu'à la maison. Il savait déjà qu'il se haïrait le lendemain. Mais, pour l'heure, il avait quelque chose à faire.

Il gravit les marches du perron et s'adossa contre la porte d'entrée. Il leva le poing qu'il fit retomber lourdement sur le bois pour frapper. Il recommença plusieurs fois. Zoe avait l'air de croire que tout était fini entre eux, mais ce n'était pas le cas. Oh ! non, elle se méprenait lourdement.

— Zoe, je sais que tu es là !

Un rai de lumière apparut sous la porte.

— S'il te plaît, ouvre-moi !

— Coop ?

Dans l'entrée, Zoe nouait à la hâte la ceinture de son peignoir. Cela faisait à peine vingt minutes qu'elle était rentrée du bar et moins de cinq qu'elle s'était couchée.

— Il est plus de 2 heures du matin, qu'est-ce que tu veux ?

— Je veux te parler, laisse-moi entrer.

— On discutera demain matin.

— Mais tu viens de dire que c'était déjà le matin…

Il se remit à frapper et Zoe ouvrit la porte d'un geste furieux.

— Arrête de faire du bruit, tu vas réveiller Keenan…

Au même moment, Coop trébucha contre elle.

— Mais qu'est-ce qui se passe ? Tu t'es fait mal ?

Elle reconnut alors l'odeur de la bière.

— D'accord, tu es soûl.

— Presque.

Il voulut se redresser, mais sentit le parfum irrésistible de Zoe.

— Tu sens si bon…

— Totalement soûl, dit-elle en soupirant. Va t'asseoir, je vais te préparer du café.

— Je ne veux pas de café, ça ne fait pas dessoûler, ça réveille, c'est tout. Et je suis parfaitement réveillé.

Il se redressa et comprit qu'il ne tenait pas aussi bien debout qu'il l'avait espéré.

— Mais je vais peut-être m'asseoir.

Ce qu'il fit lourdement sur le canapé du salon.

— Je déteste être ivre, ça ne m'était pas arrivé depuis que j'ai arrêté de jouer dans les championnats juniors. Je t'avais dit que j'avais joué dans les championnats juniors ?

— Je ne crois pas.

— C'était juste après le lycée. Pendant deux ans. J'ai cru que je passerais chez les seniors, mais ça ne s'est pas fait, alors je suis allé à la fac et, maintenant, j'écris sur les sportifs qui ont réussi.

— Je suis désolée pour toi.

— Oh ! non, il ne faut surtout pas. J'aime écrire. J'ai toujours aimé ça. Et puis j'adore assister aux matchs, suivre les équipes, leurs stratégies. Si j'avais été un joueur profes-sionnel, je serais quasiment à la retraite aujourd'hui — j'ai trente-deux ans. C'est vieux pour un joueur !

Il la regarda intensément et sourit.

— Tu es la plus belle femme que j'aie jamais vue. Tu sais, c'est incroyable ce que ton fils te ressemble. En le regardant, c'est toi aussi que je vois. En fait, je te vois tout le temps. J'essaie de me concentrer sur autre chose et hop, c'est ton visage qui apparaît. Qu'est-ce que tu comprends de ça, toi ?

— Je ne sais pas.

Zoe aurait voulu se fâcher, mais c'était inutile. Il était beaucoup trop ivre pour cela.

— Je vais t'aider à monter chez toi, tu as besoin de te reposer, dit-elle calmement.

— Je veux encore faire l'amour avec toi, j'ai envie de te sentir, j'ai envie de tes caresses.

Zoe en mourait d'envie elle aussi. Mais il s'était clairement expliqué plus tôt dans la journée.

— Tu disais que tu voulais me parler ?

— Tu n'imagines pas ce que c'est de toucher ta peau… C'est indescriptible, tu es si douce et si chaude. J'ai commencé à penser à ta peau quand je jouais au poker. C'est là que j'ai commencé à trop boire. Et pourtant j'ai gagné. Je leur ai pris deux cent cinquante dollars

— Bravo.

— Mais je n'arrêtais pas de penser à toi. Tu sais, tu as une petite fossette, là.

Il leva la main jusqu'à son visage.

— Voilà, je pensais constamment à cette fossette, à tes jambes magnifiques, à tes grands yeux… Et je me disais combien j'aimais te regarder avec le petit. Parfois, je vous regarde de chez moi, et vous ne le savez pas… Tu ne le savais pas, hein ?

— Non, je l'ignorais.

— Tu vois… J'aime la façon dont tu lui ébouriffes souvent les cheveux. Ça me bouleverse.

Il balança lentement la tête de côté.

— Keenan m'aime beaucoup, tu sais. Il me l'a dit. Et toi aussi, tu me l'as dit.

— Je sais.

Zoe soupira et lui défit doucement ses lacets.

— Et je pensais tout ce que j'ai dit tout à l'heure. Ma vie est très bien comme elle est.

— Je sais.

— D'accord.

Elle lui retira ses chaussures et lui souleva les jambes pour l'allonger sur le canapé.

— Alors, si tu voulais bien arrêter… d'être tout le temps dans ma tête… parce que ça ne changera rien…

— Je tâcherai de m'en souvenir.

Coop dormait déjà lorsqu'elle se pencha au-dessus de lui pour l'embrasser.

Chapitre 10

La gueule de bois. Coop était conscient que ce serait épouvantable. Ce n'était même pas la peine d'ouvrir les yeux ni de bouger. Sa tête cognait déjà furieusement, comme si une fanfare militaire y avait élu domicile.

Il ne savait plus trop comment il était parvenu à rentrer et à se mettre au lit, mais l'impression de brouillard qui subsistait après la soirée de la veille n'était guère agréable. Il espérait que ce vague sentiment de malaise n'était imputable qu'à l'alcool.

Doucement, prudemment, il ouvrit les yeux et se redressa. En voyant le petit visage qui lui souriait d'un air candide, il eut le réflexe de laisser brutalement retomber sa tête. Aussitôt, il gémit de douleur.

— Bonjour, Coop ! s'exclama Keenan avec entrain. Tu as dormi ici, cette nuit.

— Je ne sais pas, répondit Coop en se tenant la tête entre les mains. Dis-moi, où est ta mère ?

— Maman prépare mon déjeuner, je vais bientôt partir à l'école. Elle m'a dit que je pouvais aller te voir, à condition de ne pas te réveiller. Je ne t'ai pas réveillé, dis ? Je n'ai pas fait de bruit du tout.

— Non.

Coop était totalement paniqué à l'idée de se savoir chez Zoe, surtout dans cet état !

— Est-ce que tu es malade ? Tu as de la fièvre ?

Keenan posa sa petite main sur le front douloureux de Coop.

— Ne t'inquiète pas, maman va te soigner. On se sent toujours mieux après.

— Merci, mon grand. Il est quelle heure ?

— La grande aiguille est sur le 10 et la

petite sur le 8. Si tu veux, tu peux dormir dans mon lit jusqu'à ce que tu te sentes mieux. Et tu peux jouer avec mes jouets, tu sais.

— Merci.

Au prix d'un effort terrible, Coop parvint à s'asseoir à peu près dignement sur le canapé.

— Keenan, tu veux être un bon copain et aller demander à ta mère de l'aspirine pour moi ?

— Oui, tout de suite !

L'enfant s'élança aussitôt, et le claquement de ses chaussons sur le parquet fit frémir Coop. Le son ne devait pas être très fort, pourtant.

— Mal à la tête ? s'enquit Zoe qui venait d'apparaître devant lui.

Coop écarquilla les yeux. Elle portait encore le peignoir qu'il lui avait vu la veille. Des souvenirs se formaient dans sa tête. Assez nombreux, d'un seul coup…

— Si tu as prévu de me hurler dessus,

est-ce que tu peux juste attendre un tout petit peu ?

En guise de réponse, elle lui tendit un verre, qui contenait de l'aspirine et un liquide rougeâtre.

— Qu'est-ce que c'est ?

— Un remède de Star, le propriétaire du bar où je travaille. Il paraît que ça fait des merveilles pour la gueule de bois.

— Ah, merci.

Il y eut un bruit assourdissant dans le couloir — du moins parut-il effroyable à Coop — et Keenan surgit dans la pièce.

— Au revoir, maman, bonne journée !

Il l'embrassa bruyamment et se tourna vers Coop.

— Bonne journée, Coop ! Il faut guérir vite, d'accord ?

Lorsqu'il fut sorti, Coop avala d'une traite le remède de Joe.

— Tu veux boire un café ? prendre un petit déjeuner ?

Zoe se retenait pour ne pas sourire.

— Tu n'as pas l'intention de me hurler dessus ?

— Pourquoi ? Pour avoir frappé comme un dingue à la porte, ivre, en plein milieu de la nuit ? Ou parce que tu t'es quasiment évanoui sur mon canapé ?

Elle marqua une pause pour que le message soit bien reçu.

— Non, je ne vais pas me mettre en colère. J'ai l'impression que tu souffres suffisamment comme ça.

— Ah, ça oui, crois-moi.

Il se leva pour la suivre jusque dans la cuisine.

— Et je ne souffre pas seulement physiquement. J'ai l'impression d'être le dernier des idiots.

— Hier, tu l'étais totalement, je te le confirme.

Elle lui servit une tasse de café.

— Le troisième mari de ma mère avait un petit faible pour le bourbon. Et il prétendait que les œufs sont le remède imparable pour ce genre de douleur. Tu les aimes comment ?

— Brouillés, ce serait merveilleux.

Il s'assit maladroitement à table.

— Je suis vraiment désolé, Zoe.

Elle lui tournait le dos, s'affairait à sortir une casserole.

— Pourquoi ?

— Pour avoir été un imbécile hier après-midi, et pire encore hier soir.

— Eh bien, je suppose que ce n'était ni la première ni la dernière fois que ça t'arrivait.

— Dis-moi, tu n'as pas dit à Keenan que j'étais…

— Ivre et à côté de la plaque ?

Un petit sourire au coin des lèvres, elle tourna la tête.

— Non, je lui ai simplement dit que tu ne te sentais pas bien et que tu étais allé dormir sur le canapé. Ce qui n'était pas si loin de la vérité, en fait.

— Merci. Je ne voudrais pas qu'il

pense… Ce n'est pas dans mes habitudes, normalement.

— C'est ce que tu m'as dit hier soir.

Elle fit frire du bacon et ajouta les œufs.

Il la regardait faire, sortant peu à peu de la confusion dans laquelle il se trouvait. C'était inattendu qu'elle ne lui adresse pas les reproches les plus amers sur sa conduite inqualifiable de la veille. Il la revoyait encore, l'après-midi précédent, avec ses beaux yeux incendiés de colère et de fierté. Il se souvenait aussi du soir où elle l'avait retrouvé endormi sur le canapé, avec Keenan blotti dans ses bras. Elle était si belle, si protectrice lorsqu'elle avait pris le petit garçon dans ses bras pour le porter tendrement jusqu'à son lit.

Une multitude d'images se présentaient à son esprit, mais, si toutes le saisissaient avec une force incroyable, aucune ne pouvait rivaliser avec celle qu'il avait sous les yeux en cet instant. Zoe, près de la cuisinière, les cheveux inondés par la lumière du matin, son peignoir léger enserrant délicatement ses hanches… Et cette odeur délicieuse de petit déjeuner.

Comment avait-il pu croire un seul instant que ce n'était pas cela qu'il désirait du plus profond de son être ? Que devait-il faire, à présent que ses yeux s'étaient dessillés ?

— Je pense que manger t'aidera à te sentir mieux, dit-elle en plaçant une assiette appétissante devant lui. Maintenant, je dois aller me préparer pour le travail.

— Est-ce que tu peux… Est-ce que tu as une minute ?

— Oui. Je ne dois pas y être avant 10 heures.

Elle se servit une nouvelle tasse de café.

— Mange, ça va refroidir !

Coop avala une bouchée. Ses pensées se bousculaient follement dans sa tête.

— C'est délicieux, merci beaucoup.

— Est-ce que tu veux autre chose ?

— Oui.

Il termina rapidement son plat, en espérant que les œufs lui donneraient tout le courage dont il avait besoin. Puis il reposa doucement sa fourchette.

— Oui, je te veux, toi.

Zoe eut un petit sourire.

— Je doute que tu sois vraiment en état pour ce genre de choses. Quant à moi, je dois aller travailler, alors…

— Non, je ne parlais pas de ça. Enfin, si… mais non.

Il s'arrêta, reprit son souffle.

— Je voudrais que tu m'épouses.

— Pardon ?

— Je pense qu'on devrait se marier, que c'est une bonne idée.

Il prit conscience que tout ce qu'il était sur le point de dire avait déjà pris forme dans son esprit depuis longtemps.

— Tu pourras arrêter ton travail de nuit au bar et recommencer des études, si tu le souhaites. Ou même ouvrir un magasin de fleurs. Ce que tu veux… Je crois que c'est ce que nous devrions faire.

Comme sa main commençait à trembler, Zoe reposa doucement sa tasse.

— Ah oui ? C'est ce que tu crois. Ecoute, c'est vraiment très généreux de ta part, Coop, mais je ne suis pas obligée de me marier pour faire toutes ces choses. Alors merci, mais ça ira.

Il la dévisagea sans comprendre.

— Non ? Tu dis non ? Mais tu m'aimes ! Tu me l'as dit deux fois.

— On peut même monter jusqu'à trois fois. C'est vrai, je t'aime. Mais je ne t'épouserai pas. Maintenant, il faut vraiment que j'aille me préparer.

— Attends une seconde.

La gueule de bois disparue comme par enchantement, il se leva d'un coup.

— Mais à quel jeu tu joues ? Tu m'aimes, ton fils m'adore ; sexuellement, ça se passe merveilleusement entre nous et… et je suis même capable d'accompagner une flopée de gamins à l'école !

— Tu es vraiment idiot, complètement à

côté de la plaque. Alors quoi ? Comme je n'ai pas longtemps résisté avant de coucher avec toi, tu te dis que tu peux tout décider ! Que tu peux avoir ce que tu veux quand tu le veux ? Eh bien, laisse-moi te dire que tu te trompes.

Zoe quitta la pièce en trombe, laissant Coop abasourdi. Il n'avait pas vu le coup partir.

Mais le jeu n'était pas encore terminé.

La colère de Zoe ne s'était pas apaisée au cours de la journée. Elle écumait encore de rage en rentrant à la maison. De tous les hommes arrogants, orgueilleux et présomptueux qu'elle avait connus, Coop était le champion. Médaille d'or ! Dire qu'il avait eu l'audace de déclarer que ce serait « une bonne idée » de l'épouser avant de lui énumérer tous les avantages d'une telle union !

Mais pour qui se prenait-il ? Pour le gros lot d'un concours, peut-être ?

Un jour, il lui faisait comprendre qu'elle ne devait surtout pas se faire d'idées à son sujet et semblait lui prêter l'intention de le piéger dans une relation dont il ne voulait pas ; le jour suivant, il la prenait subitement en pitié et lui offrait un mariage pour la sortir de sa misère.

Pas une seule fois, il n'avait évoqué ce qu'elle pourrait lui offrir, ce qu'il ressentait, ce qu'il désirait. Pas plus qu'il n'avait parlé de sa capacité à endosser une responsabilité paternelle auprès de son fils.

Elle ouvrit d'un coup sec la porte d'entrée et la referma tout aussi brusquement. Sa demande en mariage grotesque, Coop pouvait s'asseoir dessus !

— Maman ! Coucou, maman !

Keenan se précipita pour l'accueillir, la prit par la main et la conduisit dans le salon.

— Allez, viens, on a une surprise pour toi !

— Quelle surprise, Keeanan ? Et qu'est-ce que tu fais ici ? Tu devrais être chez les Finkleman.

— Coop est là.

Il tirait plus fort sur sa main.

— On a une surprise pour toi, je te dis. Et un secret, aussi. Allez, il faut que tu viennes, tout de suite !

— Bon, d'accord, je viens, je viens...

Il y avait des fleurs partout. Dans des vases, des paniers, des petites coupelles, sur les tables, sur le rebord des fenêtres... C'était étourdissant. Les notes d'une sonate classique flottaient dans l'air et semblaient s'unir aux accords délicats des roses. La table avait été dégagée de tout ce qui l'encombrait d'ordinaire. Ne restaient qu'un seau à champagne et deux flûtes.

— Surprise ! s'écria joyeusement Keenan. On a tout préparé avec Coop pour que ce soit très beau et que tu aimes ça ! Et Mme Finkleman a dit qu'on pouvait même utiliser ses assiettes et ses verres ! Et

M. Finkleman a préparé son poulet spécial, parce que c'est un plat *résistibible*.

— Irrésistible, corrigea doucement Coop sans quitter des yeux Zoe.

— Tu trouves ça beau, maman ? Hein, maman, dis !

— Oui, c'est magnifique, murmura Zoe en se penchant pour embrasser son fils. Merci.

— Bon, maintenant, je dois aller chez les Finkleman pour que vous puissiez avoir une soirée romantique.

Coop eut un petit sursaut de surprise, mais ne put s'empêcher de rire.

— Allez, viens, bonhomme, je vais t'accompagner chez les Finkleman.

— Quelle soirée romantique ? demanda Zoe.

— Je t'expliquerai dans quelques minutes, répondit Coop en entraînant Keenan avec lui.

Lorsqu'ils furent sortis, le petit garçon le regarda avec les yeux brillants d'exaltation.

— Est-ce que tu vas lui dire le secret où on va tous se marier ?

— C'est bien mon intention.

— Et tu vivras avec nous et tu pourras être mon papa, et ce sera super ?

— Ce sera génial, mon grand. Merveilleux, même…

Coop s'interrompit et embrassa l'enfant.

— Je t'aime, Keenan.

— Moi aussi.

Ils s'étreignirent quelques instants, puis Mme Finkleman fit son apparition derrière la haie.

— Coucou, les garçons !

Elle adressa un clin d'œil exagéré à Coop en levant le pouce en l'air, en signe de victoire. Puis elle attira Keenan contre elle.

— Bonne soirée…

De retour chez Zoe, Coop la trouva exactement à l'endroit où il l'avait laissée. Il ne savait pas trop si c'était bon ou mauvais signe.

— Alors, prête pour un peu de champagne ?

— Coop, c'est vraiment adorable, mais…

— J'espère que les fleurs te plaisent.

— Oui, elles sont superbes, mais…

Un peu nerveux, il fit sauter le bouchon de la bouteille.

— Je ne pouvais pas les choisir dans la boutique où tu travailles, ça aurait gâché la surprise. Keenan m'a beaucoup aidé pour tout préparer.

Il lui tendit une flûte et déposa un baiser timide sur sa joue.

— Coop…

Zoe dut attendre que s'apaise la frénésie de son cœur.

— Je sais que ça a dû être très compliqué d'organiser tout cela.

— J'aurais dû le faire bien avant, mais je ne savais même pas que j'en avais envie.

— Oh ! mon Dieu…

Elle se retourna, luttant très fort pour garder un semblant de contrôle sur ses émotions.

— C'est moi qui t'ai donné une fausse impression cette fois-ci, je crois. Je n'ai pas besoin de tout cela… d'une soirée romantique, des fleurs, des bougies…

— Bien sûr que si. Et moi aussi, j'en ai besoin quand je suis avec toi.

— Tu essaies de me séduire ? demanda-t-elle, incrédule. C'est nouveau ?

— Tu me connais, Zoe. Cela fait plus d'un mois que nous vivons ensemble, pour ainsi dire. Et c'est en partageant le quotidien, la vie telle qu'elle est, que l'on apprend à connaître et à comprendre les gens. Beaucoup plus vite que de toute autre façon. Tu sais l'homme que je suis… et tu as craqué pour moi, pas vrai ?

Il avait dit cette dernière phrase avec une pointe d'humour et de timidité qui bouleversa Zoe.

— Qu'est-ce que tu es pénible avec ça ! dit-elle sans conviction. Je t'ai déjà dit que mes sentiments étaient mon affaire. Et ça reste vrai. Un dîner aux chandelles ne changera rien à cela.

Coop était en mauvaise posture, mais il ne pouvait pas abandonner. Il ne le voulait pas, surtout.

— J'ai envie de t'offrir une belle soirée. Est-ce qu'il y a quelque chose de mal à cela ? Je voudrais faire un peu mieux qu'une demande en mariage devant des œufs brouillés…

— Coop…

— Laisse-moi finir, je t'en prie. Essaie d'être un peu tolérante, c'est la première fois que je fais ça. Je sais que tu n'as pas besoin de moi. En tout cas, pas pour prendre en main ta vie et celle de Keenan. Pas pour tondre la pelouse ou monter ce stupide barbecue. Ce n'était pas de ça que je voulais parler ce matin, mais plutôt de ce dont j'ai envie, moi.

Zoe le regarda avec méfiance.

— Il me semble que tu as été très clair à ce sujet. Tu ne veux ni liens, ni chaînes, appelle-ça comme tu veux. Le problème c'est qu'avec moi il y a des liens.

— J'ai été clair…, répéta-t-il, songeur. Non, je ne peux pas avoir été clair sur mes sentiments, parce que je n'en savais rien… et que je ne voulais surtout rien en savoir.

J'avais peur. Voilà. J'avais peur, parce que j'ai besoin de toi. Parce que j'ai besoin de voir ton visage, d'entendre ta voix, de sentir tes cheveux… J'ai envie de t'aider à tondre la pelouse et à monter le barbecue. Et j'ai envie que tu aies besoin de moi.

Zoe ferma les yeux.

— Comme j'aime t'entendre dire ça…

— Alors dis-moi oui.

Il s'approcha d'elle et posa une main sur son épaule jusqu'à ce qu'elle ouvre les yeux.

— C'est ma dernière tentative, Zoe. Je veux me marier avec toi.

— Je…

Oui, elle voulait tellement dire oui…

— Mais il n'y a pas que moi, Coop.

— Et tu crois que je ne veux pas de Keenan ? Mais ouvre les yeux, je suis fou de ce gosse. Je veux vous épouser tous les deux et puis avoir un autre enfant, ou peut-être deux, pour commencer à monter une équipe. On en a déjà un peu parlé avec Keenan…

— Comment ?

— Non, rassure-toi, j'ai simplement tâté le terrain avec lui, histoire de savoir ce qu'il pourrait penser de tout cela.

Comme elle le regardait, l'air stupéfait, il se sentit gauche et glissa les mains dans ses poches.

— En fait, ça ne m'aurait pas paru tout à fait juste de ne pas le faire participer, puisqu'il deviendrait mon fils, si tu disais oui.

— Ton fils…

C'était comme un rêve pour Zoe, l'accomplissement de ses désirs les plus fous. Et elle ne parvenait qu'à répéter ce qu'il lui disait, totalement médusée.

— Tu m'as dit que vous formiez une équipe tous les deux. Et moi, j'aimerais bien en faire partie. Je crois qu'il est assez favorable à cette idée. Alors, si je peux me permettre, c'est deux contre un.

— Je vois…

— Je n'y connais peut-être pas grand-chose en matière d'enfants, mais je l'aime de tout mon cœur, c'est un bon début.

Elle le regarda intensément et sentit soudain son cœur fondre d'amour.

— C'est vrai que c'est un bon début.

— Je t'aime, Zoe. C'est la première fois de ma vie que je dis ça à une femme — sauf à ma mère. Je t'aime, alors dis oui. Ça nous ferait vraiment plaisir, à Keenan et à moi.

— J'ai comme l'impression d'être en minorité.

Doucement, tendrement, elle caressa la joue de Coop.

— Est-ce que ça veut dire oui ?

— Oui !

Il la serra de toutes ses forces dans ses bras et elle se mit à rire aux éclats, heureuse comme elle n'avait jamais pensé l'être.

— Oui, monsieur le nouveau papa !

— J'aime que tu m'appelles comme ça.

Et il plaqua ses lèvres sur les siennes, dans un baiser langoureux, chargé des promesses de l'instant et des lendemains lumineux qui les attendaient.

Dès le 1er novembre,
4 romans à découvrir dans la

Les amants de Louisiane

De retour en Louisiane, Gwen a le cœur lourd. Si elle est revenue dans sa ville natale, ce n'est pas pour passer de simples vacances, mais pour chasser de la maison familiale un certain Luke Powers, écrivain célèbre et séducteur invétéré dont sa mère, veuve depuis des années, semble s'être entichée malgré une scandaleuse différence d'âge. Oui, elle a franchi des milliers de kilomètres depuis New York pour lui faire plier bagage. Et, quoi qu'il lui en coûte, elle va y parvenir ! Mais, une fois devant Luke, Gwen sent toutes ses résolutions s'envoler. Se pourrait-il que ses soupçons au sujet de sa relation avec sa mère soient injustifiés ? Et ne serait-elle pas en train de tomber elle-même amoureuse de cet homme si séduisant ?

La forêt des secrets - *Le clan des Donovan*

Dans la maison isolée de l'Oregon où elle passe l'été, Rowan espère se ressourcer dans la solitude, et trouver le moyen de commencer une nouvelle vie. Mais, alors qu'elle pensait avoir la forêt pour elle toute seule, elle y rencontre un jour un homme ténébreux, farouche, qui se présente à elle comme Liam Donovan, son voisin. Dès l'instant où elle croise son regard, Rowan est comme envoûtée, envahie par des sensations troublantes et inédites. Et soudain elle n'a plus qu'une envie : se retrouver dans ses bras. C'est bien ce qui finit par arriver quelques jours plus tard, quand Liam l'embrasse. Totalement subjuguée, Rowan sent pourtant très vite des doutes s'insinuer en elle. Pourquoi Liam, qui de toute évidence partage ses sentiments, semble parfois si pressé de la quitter ? Quel secret se cache derrière son regard émeraude ?

collection NORA ROBERTS

La passagère du temps

Tandis qu'elle observe les étoiles par une claire nuit d'été, Libby Stone remarque un avion sur le point de s'écraser non loin de son chalet. Arrivée aussi rapidement que possible sur les lieux de l'accident, elle trouve là un blessé. Un homme d'une beauté troublante, qui, dès le premier regard, réveille au plus profond de son cœur des sentiments qu'elle croyait disparus à jamais. Aussi n'hésite-t-elle pas à l'amener chez elle pour le soigner. Mais, quand il revient à lui, il semble si perturbé, si désorienté, que Libby se demande un instant s'il ne vient pas d'une autre planète…

Un homme à aimer

En louant une partie de sa maison à Cooper McKinnon, Zoe a fait une terrible erreur. Une erreur ô combien délicieuse… Depuis qu'elle vit sous le même toit que Coop, l'homme le plus séduisant qu'elle ait jamais rencontré, elle n'a plus un moment de répit. Jour et nuit, elle pense à lui, à son corps musclé, à son regard envoûtant. Pourtant, elle ne doit surtout pas céder au désir qu'il lui inspire. Car, même si elle brûle de l'embrasser, Coop est un célibataire endurci, bien loin du père qu'elle recherche pour son petit Keenan…

Recevez directement chez vous la

collection **NORA ROBERTS**

7,80 € le volume

Oui, je souhaite recevoir directement chez moi les titres de la collection Nora Roberts cochés ci-dessous au prix de 7,80 € le volume. Je ne paie rien aujourd'hui, la facture sera jointe à mon colis.

❏ Les amants de Louisianne	NR00063
❏ La forêt des secrets	NR00064
❏ Un homme à aimer	NR00065
❏ La passagère du temps	NR00066

+ 1,99 € de frais de port par colis

RENVOYEZ CE BON À :

Service Lectrices Harlequin - BP 20008 - 59718 Lille Cedex 9
(01-45-82-47-47 du lundi au vendredi de 8h à 17 h)

N° abonnée (si vous en avez un) ⎵⎵ ⎵⎵⎵⎵⎵⎵⎵⎵

Mᵐᵉ ❏   Mˡˡᵉ ❏   Prénom _____

Nom _____

Adresse _____

Code Postal ⎵⎵⎵⎵⎵   Ville _____

Tél. ⎵⎵⎵⎵⎵⎵⎵⎵⎵⎵ Date de naissance ⎵⎵⎵⎵⎵⎵⎵⎵

E-mail _____ @_____

❏ oui je souhaite recevoir par e-mail les informations des éditions Harlequin
❏ oui je souhaite recevoir par e-mail les offres des partenaires des éditions Harlequin

NORA
ROBERTS

La *Reine* de la *romance*

**Retrouvez dans la rubrique auteurs sa biographie,
ses livres et bien d'autres surprises !**

www.harlequin.fr